AF405138

LES POURÂNAS

ÉTUDES SUR LES DERNIERS MONUMENTS

DE LA LITTÉRATURE SANSCRITE

PAR

FÉLIX NÈVE

PROFESSEUR A L'UNIVERSITÉ CATHOLIQUE DE LOUVAIN

PARIS

CHARLES DOUNIOL, LIBRAIRE-ÉDITEUR

AU BUREAU DU CORRESPONDANT, RECUEIL PÉRIODIQUE

RUE DE TOURNON, 29

1852

LES POURÂNAS

ÉTUDES SUR LES

DERNIERS MONUMENTS DE LA LITTÉRATURE SANSCRITE

Les Pourânas de l'Inde appartiennent à cette catégorie d'écrits que l'on consulte aujourd'hui avec empressement et respect comme les archives de civilisations éteintes, comme les fondements de toute science historique et comme les garants d'une philosophie de l'histoire qui ne se nourrit point simplement d'hypothèses. Cosmogonies et théogonies, traditions et.légendes, mœurs et lois, métaphysique et poésie, tels sont les éléments divers qu'ils contiennent et coordonnent dans leurs vastes proportions. Fournir un riche formulaire de tout dogmatisme et de toute histoire aux sectateurs de Vichnou, plus rarement à ceux de Çiva, dont les religions étaient à droit égal héritières de l'antique Brâhmanisme, telle est la destination de la plupart de ces livres identiques de sujet comme de nom : aussi répondent-ils bien à l'idée que l'on se fait de ces monuments qui doivent livrer en toute vérité les formules de l'état social et intellectuel d'une race puissante, comme l'a été la race hindoue depuis plus de trois mille ans au cœur de l'Asie. Considérables comme objets d'étude, les Pourânas ne donneront peut-être pas à une foule de personnes la satisfaction qu'elles attendent, avidement quelquefois, de la lecture des chefs-d'œuvre de la pensée étrangère ; mais, n'insistons pas trop sur la résistance passive que notre goût occidental ne peut manquer de faire sous ce rapport.

Il suffit que ces productions sanscrites soient des œuvres natio-

nales et populaires dans l'Inde , œuvres historiques et religieuses à
la fois, pour qu'on trouve excuse auprès des lecteurs à qui on vient
en parler au milieu d'études ou de préoccupations d'une toute autre
nature. Nous plaçant à leur point de vue, nous ne faisons point difficulté d'appliquer aux Pourànas ce qu'il est juste de dire de la littérature sanscrite tout entière, et en général de toutes les littératures
orientales, à propos de l'accueil qui leur est réservé dans l'Europe
civilisée.

On se pique de notre temps d'une sorte d'éclectisme littéraire,
comme il n'y en a pas eu d'exemple dans l'histoire intellectuelle d'aucun siècle : chaque nation semble avoir fait abandon de quelques-uns
de ses droits de propriété dans le monde de l'art ; bien plus, elle
se fait gloire de la plus large impartialité envers les littératures
étrangères, même envers celles que l'esprit national avait naguère
le plus de répugnance à estimer. En France, la critique, suivant en
cela les vicissitudes de l'opinion, n'a-t-elle pas donné franchises et
priviléges aux œuvres originales du génie anglais et du génie alle-
mand , qui font rudement contraste avec sa littérature classique,
avec ses écrivains du grand siècle ? Le même sentiment de complai-
sante justice et d'impartiale urbanité, on l'a transporté à certains
égards dans l'étude des littératures antiques, et de nos jours, sans
qu'on ait dépouillé l'héritage littéraire des Grecs et des Romains de
son titre de classique, on a donné place dans le champ des hautes
études aux monuments des grands peuples de l'Orient : de là, une
enquête toute nouvelle touchant l'origine des peuples et l'organisme
des langues ; de là, des recherches étendues sur l'esprit de chaque
civilisation, et sur la culture littéraire et les arts qu'elle a com-
portés. Ainsi s'est produite une sorte de renaissance orientale, analogue, dans les travaux d'érudition qu'elle a provoqués, au mouvement scientifique qui s'opérait il y a trois siècles sous l'influence des
idées et des formes grecques : seulement le second mouvement qui
se poursuit encore est renfermé dans les régions de la science, et
n'a étendu que rarement et faiblement son action dans le domaine
général des lettres. Sollicite-t-on pour les œuvres du génie oriental
la bienveillance ou l'arbitrage du public européen ? il les accueille,
et c'est son droit, avec quelque défiance ; il veut être satisfait dans
ses exigences d'habitude avant de consentir à en faire l'examen,
avant même d'accepter les jugements et les suffrages de la critique

qui les lui offre déjà débrouillées et singulièrement éclaircies. La
première question qui sera faite au sujet de tout livre dûment traduit
d'une langue orientale dans un idiome moderne, consistera à s'en-
quérir de son intérêt historique, à demander si cette production
possède quelque valeur sociale, politique et religieuse, ou bien si
elle a d'ailleurs en elle-même quelque mérite littéraire. La réponse
à cette question est-elle affirmative, il devient plus aisé d'obtenir
pour le livre l'attention d'un assez grand nombre d'hommes, sans
parler de ceux qui ne rechercheraient dans toute lecture de ce genre
que le seul agrément de l'imagination.

Une telle présomption étant facilement admise en faveur des Pourànas, nous avons hâte de déclarer sur quelles autorités seront fondés
nos aperçus analytiques et critiques touchant ces poëmes qu'on n'a-
vait pu jusqu'ici juger que fort imparfaitement. Mettant en œuvre
nous-même les documents originaux publiés à l'heure qu'il est dans
cette partie de la littérature sanscrite, nous avons en même temps
consulté consciencieusement les meilleurs travaux qui ont enrichi à
leur sujet les sciences historiques, et nous avons comparé les opinions qu'ont soutenues leurs auteurs. Bien qu'ils datent d'environ
dix ans, nous ne balançons pas d'affirmer qu'ils ont conservé pour
l'immense majorité du public leur intérêt de nouveauté.

S'il est, en effet, des livres qui ne vieillissent pas, malgré l'im-
patience qui fait de nos jours dévorer si vite tant d'œuvres pul-
lulant à la surface du monde littéraire, ce sont bien de tels livres
qui, fruits d'études longues et sérieuses, ont donné à quelques bran-
ches du savoir des résultats durables et sérieux. Parmi les écrits qui
ont droit à cette glorieuse exception, c'est justice de ranger la belle
édition que M. Eugène Burnouf a donnée du plus célèbre des Pourànas [1], le *Bhâgavata*, un des grands monuments de la littérature
indienne : malgré la date déjà ancienne de son premier volume, l'ouvrage n'en a pas moins été jugé digne d'une mention toute spéciale
dans ce recueil ; c'est donc en quelque sorte une dette envers la

[1] *Le* BHAGAVATA POURANA *ou Histoire poétique de Krichna,* traduit et publié par
M. Eugène BURNOUF, membre de l'Institut, professeur de sanscrit au Collége de
France, etc. Paris, Imprimerie royale, t. I, 1840 ; t. II, 1844 ; t. III, 1847. — L'é-
dition qui est imprimée dans le double format in-folio et in-4° doit donner, dans
un quatrième volume, la fin de l'ouvrage indien ; mais il entre dans les intentions
de sonhabile interprète de consacrer un cinquième volume à des mémoires et à des
commentaires explicatifs du fond même de ce Pourâna.

science que nous acquittons aujourd'hui au nom de ses directeurs. Puisque les événements des dernières années ont apporté une interruption fâcheuse à sa publication, force nous est de remplir sans plus tarder une tâche qui ne sera peut-être pas sans quelque utilité.

Ce n'est pas que le *Bhâgavata Pourâna*, dont M. Burnouf a donné le texte et la traduction, ne mérite à lui seul un examen détaillé qui en fasse découvrir toutes les richesses historiques : religion, philosophie, mysticisme, usages, poésie. Car, c'est sans contredit l'œuvre la plus complète concernant Vichnou ; elle le glorifie sous le nom de *Bhagavat,* ou « Bienheureux » par excellence, « possesseur de toutes les perfections, » celle de ses épithètes que l'on regarde comme la plus vénérée et la plus sainte. Vichnou, « envisagé sous toutes ses faces, y est l'objet d'un hymne qui ne s'interrompt que pour passer d'un attribut déjà décrit à un attribut nouveau, dans la contemplation duquel la foi du poëte trouve la matière de chants religieux et philosophiques. » La seconde personne de la triade populaire des Hindous y est considérée dans ses diverses manifestations, mais avec plus de complaisance dans celle qu'elle a faite en Krichna, héros et pasteur comme Apollon. Si l'incarnation de Vichnou, caché en Krichna sous l'apparence trompeuse d'un homme, est la huitième dans l'ordre de ses grandes incarnations, c'est celle qui a frappé davantage le peuple et qui a obtenu le premier rang : « Les incarnations de Hari, dit le *Bhâgavata*[1], sont sans nombre, comme les mille canaux qui sortent d'un lac inépuisable »; mais, tandis que les êtres supérieurs du monde divin, les Richis, les Manous, les Dévas, les Pradjâpatis ou Chefs des créatures « ne sont que des manifestations des parties détachées de l'Esprit, Krichna seul est Bhagavat tout entier. » C'est d'ailleurs, au jugement unanime des indianistes, le *Bhâgavata* qui exerce sur les opinions et les sentiments du peuple une influence plus directe et plus forte qu'aucun autre livre du même titre : l'histoire moderne de l'Inde justifie en quelque manière la foi enthousiaste avec laquelle son auteur l'appelle « le plus mystérieux des Pourânas, celui auquel appartient en propre l'excellence, l'essence des Védas réunis, qui est sans pareil, le flambeau de l'Esprit suprême[2]. » L'œuvre tout entière a dû sa grande popularité en partie à son dixième livre qui expose la légende

[1] Livre I, chap. 3, st. 26 et 28.
[2] Livre I, ch. 2, st. 3. V. liv. II, ch. 1, st. 8.

de Krichna et qui a été de préférence traduit ou imité dans toutes les langues de l'Inde.

On aperçoit d'un premier coup d'œil ce que devrait être l'examen approfondi d'une œuvre aussi vaste que le *Bhâgavata ;* cependant, puisque nous n'avons pas devant nous assez d'espace pour exposer les résultats d'un tel examen, nous avons cru préférable de nous en tenir ici à une appréciation historique et critique de ce livre encyclopédique et des livres les plus remarquables qui composent le cycle entier des Pourânas. C'est le savant éditeur du *Bhâgavata* qui nous en a suggéré la pensée et fourni les moyens dans les préfaces des trois premiers volumes où il a consigné les conclusions partielles du travail qu'il a fait subir à une si grande masse de textes poétiques.

Retracer succinctement les investigations dues à la sagacité de ce critique éminent, suffirait, sans doute, pour convaincre les bons esprits de la valeur de l'œuvre qui en a été l'objet. Mais, pourquoi n'userions-nous pas du droit de mettre en ligne de compte les jugements de la critique la plus avancée dans les écoles d'Angleterre et d'Allemagne sur le *Vichnou Pourâna* et sur les autres Pourânas qui sont le mieux connus ? Rattacher aux opinions de M. Burnouf celles de MM. Wilson et Lassen, qui se sont occupés activement de la même étude [1], c'est prendre les questions d'histoire et de critique dans leur plus haute généralité ; c'est demander aux maîtres de la science l'autorité de leurs avis et le concert de leurs suffrages. Peut-être réussirons-nous de la sorte à établir assez clairement combien de difficultés présentait l'étude systématique de deux œuvres importantes entre tous les Pourânas, et avec quel succès elle a été réalisée ; peut-être, en montrant les inductions aussi ingénieuses que solides qu'en a tirées l'esprit européen, parviendrons-nous à caractériser une catégorie si volumineuse des livres indiens, formant à

[1] H. H. Wilson, professeur de sanscrit à l'Université d'Oxford, bibliothécaire de la Compagnie des Indes, etc. *The* Vishnu Purana, *a system of hindu mythology and tradition,* translated from the original sanscrit and illustrated by notes derived chiefly from other Purânas. London, 1840, pp. XCI. 704, in-4°. — V. plusieurs mémoires du même savant sur les principaux Pourânas dans le *Journal de la Société asiatique du Bengale,* et dans le journal de celle de Londres.

Chr. Lassen, prof. de littér. sanscrite à l'Univ. de Bonn, etc. *Indische Alterthumskunde* (ou Antiquités indiennes), tome Ier p. 478, suiv. (Bonn, 1847.)

elle seule une littérature d'un haut prix historique malgré son âge comparativement moderne.

Deux grands faits sont acquis à la science relativement aux étonnantes compositions que l'Inde nous a léguées sous le titre collectif de *Pourânas*, c'est-à-dire : « Histoires ou légendes *antiques*[1]. » Il ne reste plus de doute aujourd'hui sur leur caractère original de poëmes mythologiques, ainsi que sur la date récente de leur rédaction. D'une part, ces productions qui sont les plus vastes et les plus populaires de a poésie des Hindous, ont la double destination du symbole et de l'histoire : la variété surprenante de fictions et d'aventures qu'elles renferment accuse la diversité des sources où leurs auteurs ont puisé ; l'ampleur de la plupart de ces œuvres, dont on compte jusqu'à dix-huit, atteste la surabondance de vie littéraire que l'intelligence indienne a possédée jusque dans les siècles de notre moyen âge ; enfin, la célébrité dont elles jouissent encore dans tous les rangs de la population brâhmamique dérive incontestablement de ce qu'elles renferment l'expression fidèle des idées religieuses qui ont prévalu dès un temps reculé dans une grande partie de l'Inde. Ajoutez à cela que nulle part ailleurs le Vichnouïsme n'a été exposé avec autant d'étendue, ni formulé avec autant de puissance. C'est, il est vrai, la conception indienne du panthéisme qui est la philosophie et l'âme des Pourânas ; mais le Dieu de ce panthéisme, mis en scène dans ses plus glorieuses incarnations, devient le centre de l'action épique ; il est véritablement le héros toujours agissant et faisant agir des êtres fragiles et passagers dans un monde de formes illusoires. Il y a bien quelque grandeur dans la poésie qui chante, sans perdre haleine, un véritable système de philosophie et de mythologie, dont les abstractions sont rendues vivantes par la manifestation de l'Esprit suprême dans plusieurs existences humaines et dans une multitude de phénomènes cosmiques.

D'autre part, comme nous disions plus haut, l'âge moderne des Pourânas n'est aucunement méconnaissable : la nature des notions mythologiques et la manière de les exposer, le mysticisme des sectes Vichnouïstes à tous ses degrés de rêverie ou d'extravagance, le remaniement des traditions héroïques, l'élégance raffinée ou l'exal-

---

[1] On pourrait même dire littéralement les *antiques* ou les *antiquités*.

tation du style nous les présentent comme des productions relativement modernes, par rapport à tant de documents considérables et
parfaitement authentiques qui appartiennent à un autre âge de la
langue sanscrite.

Observons tout d'abord que ces données, si sommaires qu'elles
soient, reçoivent des applications infiniment utiles dans les études
générales d'histoire et de chronologie : c'en est assez pour qu'on
évite désormais le retour de ces méprises ou de ces erreurs qu'on a
si souvent répétées depuis soixante ans sur la valeur et sur la date
des Pourânas. N'étaient-ils pas, pour les uns, des œuvres vénéra-
bles d'une fabuleuse antiquité ; pour les autres, des compilations
ébauchées hier, sans valeur réelle, sans portée historique ? Ces exagérations, dans un sens opposé, provenaient des préoccupations
étrangères au sujet sous lesquelles on étudiait naguère les monuments des peuples anciens, et cela dans le but d'en exalter ou d'en
rabaisser l'importance, soit au détriment, soit au profit des livres et
des traditions bibliques.

On sait assez avec quelle assurance les ennemis de la révélation
chrétienne ont accueilli à la fin du dernier siècle les notions vagues
et incertaines qui semblaient mettre l'antiquité indienne en dehors
et au delà de la chronologie des Hébreux ; il est vrai de dire que
leurs calculs, non-seulement sont tombés en discrédit par suite du
progrès incessant des études indiennes, mais encore sont déjà en-
sevelis dans un oubli presque complet. Le même sort était, du reste,
réservé aux interprétations erronées que le capitaine Wilford et
quelques autres Européens avaient acceptées de la bouche de leurs
Pandits et qui tendaient à détruire toute foi à une histoire vraiment
ancienne et originale de l'Inde. Un savoir plus profond a fait justice
sans peine et sans colère des hypothèses que la crédulité avait, de
part et d'autre, accueillies trop promptement et bientôt après érigées
en dogmes historiques.

Quel est donc, aux yeux de la science contemporaine, le prix véritable des Pourânas ? C'est ce que nous essayerons de déterminer,
avant d'entrer plus avant dans le cœur de notre sujet. Ces œuvres
modernes de la poésie sanscrite ont été édifiées sur un fonds antique : elle y a conservé en substance l'histoire des révolutions religieuses de l'Inde depuis une époque très-reculée, celle du naturalisme des Védas, jusqu'à la formation des grandes sectes entre

lesquelles s'est partagé le Brâhmanisme et qui existent encore à cette heure ; elle leur a confié la lettre des plus anciennes traditions et des histoires héroïques qui n'avaient jamais cessé d'être chères à l'esprit indien. Envisagés dans leurs matériaux, les Pourânas sont, par conséquent, des dépôts authentiques de croyances, de connaissances et de faits remontant à une haute antiquité, et, si l'on considère l'âge de leurs sources, c'est-à-dire des légendes qui en ont été le premier noyau, ces immenses récits ont porté à juste titre le nom d'anciens. En dépit de ce que l'imagination de leurs auteurs a brodé sur le tissu de traditions d'un âge bien antérieur, en dépit des fictions nouvelles dans le cadre desquelles elle les a enveloppées, c'est un fonds primitif et traditionnel de mythes et d'aventures que le génie moderne des Hindous a résumé ou amplifié dans ce corps vraiment énorme de compositions métriques. L'idée dominante, nous le répétons, le principe d'unité entre des matières si diverses et quelquefois si disparates, c'est l'adoration du Dieu souverain succédant à tous les autres, c'est l'enseignement de son culte plus parfait et plus efficace que tous les cultes connus.

Les Pourânas, qui sont au nombre de dix-huit, présentent tous sans exception le même caractère, et à peu de chose près la même ordonnance. L'épithète qui les désigne individuellement est formée du nom de la divinité qui passe pour avoir promulgué l'ouvrage, ou qui figure dans cet ouvrage comme l'objet d'un culte spécial ou exclusif[1]. Bien que les noms de Çiva, d'Agni, de Vâyou, de Brahmâ soient inscrits en tête de plusieurs de ces livres, il n'en faut pas moins reconnaître que l'adoration de Vichnou est la matière des Pourânas les plus célèbres, et même qu'elle est le but ordinaire des poëtes qui font tourner à la gloire de ce dieu les légendes rapportées de prime-abord en l'honneur d'une autre divinité du panthéon brâhmanique[2].

---

[1] Le *Brâhma Pourâna* est ainsi nommé de ce que Brahmâ l'aurait révélé au sage Mâritchi; au contraire, le *Bhâgavata* tire son nom de Bhagavat ou Vichnou, à la louange duquel il est consacré.

[2] Les plus considérables de ces œuvres pouraniques sont décidément vouées à la glorification de Vichnou : tels sont le *Brâhma*, le *Pâdma*, le *Vichnou*, le *Mârkandêya*, l'*Agni*, le *Varâha*. Par contre, le Çivaïsme domine exclusivement dans le *Vâyou* ou *Çiva pourâna*, dans le *Linga* et le *Skanda*, qui n'ont pas atteint la même renommée que les premiers. Enfin, il est des Pourânas, tels que le *Koûrma*, le *Vâmana*, le *Matsya*, qui ont la nature d'œuvres mixtes, où les légendes çivaïtes ont

Dès à présent, il est permis de croire que les Pourânas, à mesure qu'on y dégagera les éléments historiques des doctrines ou des fictions, donneront des fondements plus solides à l'étude de la civilisation indienne tout entière ; cependant, il est dans ces livres un intérêt qu'on a mis heureusement en valeur au début des études raisonnées entreprises sur leur texte : c'est l'enseignement littéraire que la critique occidentale ne peut manquer d'y puiser. On l'a deviné, et même on l'a déjà reconnu, ils vont devenir, pour ainsi parler, le chronomètre d'après lequel les époques décisives du développement littéraire de l'Inde seront désormais fixées et définies. En même temps, ils montreront sous leur vrai jour les procédés, les habitudes et les tendances de l'esprit indien : or, au point de vue de l'art, il est d'une haute importance de juger où ont abouti les derniers efforts d'un grand peuple cherchant l'expression rajeunie de ses croyances.

C'est assez dire que les notions de critique littéraire tirées de la comparaison de textes originaux, comme ceux des Pourânas, méritent d'être exposées et bien précisées dans leur rapport d'application à l'histoire générale des lettres aussi bien qu'à l'esthétique. C'est parce qu'elles n'ont point été vulgarisées à un degré suffisant que nous nous y attacherons de préférence dans ce morceau ; car nous sommes convaincu que c'est offrir les études indiennes sous un de leurs aspects les plus curieux et les plus utiles.

Notre premier soin sera de montrer l'importance des Pourânas, comme dernier terme des compositions littéraires qui se sont imposées universellement dans l'Inde, en assignant leur place dans la série des œuvres originales de cette nation. Après cette espèce d'enquête, qui aura pour but de constater les points généraux de chronologie acquis à l'histoire de la littérature sanscrite, nous reviendrons expressément aux Pourânas, et nous nous attacherons au genre de leur composition et aux particularités de leur style. Nous n'oublierons pas que les Pourânas sont avant tout pour la conscience indienne des livres religieux, symboliques et historiques, aussi bien que la plupart des œuvres que l'on possède dans la langue sacrée de

---

dépassé de beaucoup l'histoire vichnouïte de l'une des incarnations du Dieu en tortue, en nain, en poisson, qui avait été le premier prétexte de la compilation. Quant aux autres Pourânas, le *Narada*, le *Bhavichya*, le *Brahma-Vaïvatta*, le *Garouda*, le *Brahmânda*, ils paraissent être des compilations d'un ordre tout à fait inférieur.

l'Inde. Il sera par conséquent indispensable, ce nous semble, d'indiquer plus d'une fois, dans l'esquisse que nous entreprenons, les liens qui ont uni toujours, et si étroitement, le sort des lettres à celui des doctrines : d'ailleurs, des synchronismes littéraires et religieux s'offriront à nous surabondamment, dès que nous voudrons interroger la tradition brâhmanique des Aryas de l'Inde, encore vivante dans les Pourânas.

§ Ier

Toute création de l'art et de la poésie se rattache invinciblement, dans l'Inde, au système religieux, qui est l'âme de sa constitution sociale ; on ferait donc fausse route si l'on isolait un seul instant le mouvement littéraire des transformations que ce système a subies. A peine les bases du Brâhmanisme furent—elles jetées, grâce à l'ascendant d'un culte public fondé sur les Védas, il s'établit dans l'Inde, soumise à un même symbole et à un même régime politique, une tradition légale dont l'empire s'étendit à tous les rangs du peuple et à tous les faits de la vie. La caste sacerdotale, qui était la caste savante, ne se dessaisit jamais du droit d'interpréter ou de modifier cette tradition, qui faisait la force de la société indienne, comme le culte des ancêtres faisait celle de la société chinoise.

Les Brâhmanes créèrent eux-mêmes une littérature qui fit suite aux chants sacrés d'origine antique, fondements des pratiques journalières comme des rites solennels de la religion ; ils s'ingénièrent à fournir à l'esprit et à l'imagination des Hindous un aliment incessant et varié dans de grands recueils destinés à résumer leurs croyances et leurs lois, leurs généalogies et leurs légendes : c'est ainsi que se forma ce corps gigantesque de l'épopée indienne, le *Mahâbhârata*, qui est véritablement un répertoire encyclopédique de science et d'histoire, de jurisprudence et de morale. Il est donc vrai d'affirmer que le Brâhmanisme n'a été que tradition, et qu'il a puisé sa force dans l'amour de la tradition qu'il a su inspirer à ses peuples : ne l'a-t-on pas vu se rejeter avec passion vers l'antiquité, quand il eut à défendre ses croyances, ses institutions, ses castes et ses priviléges, contre un grand système novateur, raisonneur, niveleur, le Boudhisme? Après qu'il eut triomphé de ce redoutable adversaire, et qu'il l'eut forcé à porter son prosélytisme hors des frontières de l'Inde, il fit retour sur lui-même et il se fortifia de deux manières,

en réhabilitant puissamment encore une fois la tradition et en créant
de nouveaux cycles littéraires.

La science brâhmanique, conviée à ce travail, ne transigea point
directement avec les classes auxquelles les chefs de la société politique avaient interdit, dès l'origine, la lecture des Védas, et en général des textes sacrés. Sa première et vive sollicitude fut de défendre l'inspiration et l'autorité de ses livres, de rehausser l'éclat de
la sagesse dont ils étaient dépositaires, de soutenir la supériorité de
son code et de ses prescriptions : cette restauration de la théologie
traditionnelle et orthodoxe s'opéra dans l'intervalle de plusieurs siècles, du VIII⁰ au XIV⁰ de notre ère, que marquèrent des travaux sail-
lants de philologie et d'exégèse en partie conservés [1]. Pendant ce
temps, la science brâhmanique s'inquiétait également des moyens
de retenir dans les liens de l'obéissance religieuse celles des castes
inférieures qui étaient privées de toute prérogative légale, et même
de tout droit à l'instruction ; c'est alors qu'elle provoqua la composition d'œuvres poétiques qui enseignassent à la masse du peuple
l'histoire de ses ancêtres mythiques avec celle de ses dieux : de là
l'opportunité des Pourânas, qui relevèrent du Brâhmanisme, qui
comptèrent même bientôt dans sa littérature orthodoxe sans faire
partie de ses écritures sacrées. Cette destination populaire et vulgaire même de si vastes poëmes mérite bien d'être considérée en
détail dans sa portée politique.

Les hommes des castes pures ou régénérées au nombre de trois
étaient caractérisés par la même épithète de *Dvidjas* ou « deux fois
nés, » puisque l'initiation à la loi religieuse était considérée par eux
comme une seconde naissance. Or, non-seulement ils avaient accès
au texte même des anciens livres, dont l'étude remplissait tout le
temps du noviciat avant l'époque de l'investiture brâhmanique par
la ceinture et le cordon sacré ; non-seulement ils avaient dans les
lois de Manou un recueil réservé tout spécialement à leur usage et
les initiant à tous leurs droits [2], mais encore ils possédaient dans la
grande épopée un code quasi sacré, un cinquième Véda, comme on

---

[1] Les glossateurs indiens n'ont pas atteint en minutie, mais égalé peut-être en
exactitude et en savoir les subtils commentateurs de la Bible chez les Juifs, du
Coran et de la Sunnah chez les Musulmans.

[2] *Mânava-dharma-çâstra.* Liv. I, st. 88-90, st. 103. Liv. II, st. 16, 44, 63, 69, st.
165-169.

l'a quelquefois nommé. A part la prérogative que les Brâhmanes se sont habilement réservée de faire lire et d'expliquer aux autres la lettre de la loi religieuse, les Kchattriyas et les Vaiçyas, guerriers et artisans, trouvaient dans leur droit identique à sa lecture des titres assurés de supériorité originelle et morale sur le reste de la population.

De fait, le privilége hiératique des castes dominantes ne fut point aboli à la suite des révolutions qui menacèrent l'existence même du Brâhmanisme ; mais, fût-il vrai que la connaissance des doctrines et des faits, consignés dans la grande Épopée, n'ait pas toujours été refusée aux hommes des castes inférieures et mixtes [1], satisfaction plus complète fut enfin donnée dans la lecture des Pourânas, qui leur offraient les légendes antiques sous une forme appropriée à leurs besoins et à leur goût. Ainsi naquit cette seconde littérature épique qui fait appel à la tradition sacrée, et par son titre et par son contenu : destinée au peuple, elle ne cessa point, toutefois, d'être étudiée et développée sous les inspirations ou sous le contrôle du sacerdoce brâhmanique. Il faut entendre le langage que tiennent les Richis, au début du *Bhâgavata,* quand ils demandent au barde, qui leur est montré comme un pilote sur l'océan, la narration des anciennes histoires [2] :

« Dans l'âge de Kali, où nous sommes, la vie est généralement de peu de durée ; les hommes sont indolents ; leur intelligence est lente, leur existence difficile ; bien des maux les accablent.

« De tant de récits, où sont recommandés de si nombreux devoirs, et qu'il faut entendre séparément, que ton esprit rassemble ici la substance, et raconte, pour le bonheur des êtres, ce récit qui donne à l'âme un calme parfait ! »

Les récits des Pourânas sont mis dans la bouche, non plus seulement de sages et de patriarches comme ceux des légendes épiques, mais de *Soûtas* ou d'écuyers, compagnons et panégyristes des princes

---

[1] Selon le *Bhâgavata* (Liv. I, ch. 4 et 29), le *Bhârata* serait un livre où « le devoir et les autres objets sont enseignés aux femmes, aux Çoûdras et aux autres classes même »; Vyâsa le composa par pitié pour eux qui ne pouvaient entendre le triple Véda. (*Ibid.*, st. 25 et suiv.)

[2] Liv. I, chap. I, st. 10-11, st. 16 et suiv. V. *Ibid.* ch. 3, st. 43 : « Ce fut lorsque Krichna, avec la loi, la science et les autres vertus, eut regagné sa demeure, que ce soleil des Pourânas se leva dans l'âge Kali pour les hommes privés de lumière. »

et des hommes de caste guerrière. Ce nom désigne une classe de chantres qui récitaient l'histoire des dieux et des héros, et qui exerçaient cette fonction par droit de naissance : ils figurent déjà dans les deux épopées sanscrites, et rien n'empêche de penser que ces *aèdes* aient accompagné sur le champ de bataille les Kchattriyas, dont ils célébraient ensuite les actions ; il y aurait donc, dans la dénomination générique de *Soûtas*, une réminiscence d'un âge de luttes et de combats, où l'ardeur martiale de la race conquérante ne s'était pas encore éteinte dans les spéculations de la théosophie [1]. Seulement, si les bardes, ainsi nommés, sont chargés du récit dialogué des Pourânas, il est entendu, pour les Indiens, qu'ils n'en sont pas les auteurs, mais simplement les collecteurs et les narrateurs. Le fond de ces livres passe toujours pour inspiré ; celui qui les a rédigés ou promulgués, c'est toujours le même Vyâsa qui a communiqué aux hommes les *Védas*, les *Brâhmanas* et les *Oupanischads*, ainsi que le *Mahâbhârata*.

Vyâsa a composé le *Bhâgavata*, afin de rendre hommage à Vichnou plus expressément qu'il ne l'avait fait dans la grande Bhâratide. Le *Soûta* ou barde, qui expose le poëme, l'a appris dans uno assemblée royale, de la bouche de Çouka, fils de Vyâsa lui-même. Mais, aux yeux des croyants, Vyâsa est-il autre chose qu'un narrateur d'un rang secondaire ? Il tient de Nârada l'histoire de Bhagavat que ce Dieu lui-même avait racontée à Brahmâ. Évidemment, Vyâsa, l'éditeur humain, qu'on nous passe le mot, de cette espèce de révélation, cachait à lui seul le nom des véritables auteurs à leurs propres contemporains. Ainsi était satisfaite la propension ou, pour mieux dire, l'avidité du peuple pour le merveilleux ; ainsi était assurée la prépondérance de la caste sacerdotale, son influence décisive sur la source unique de l'instruction populaire. Cette caste savait bien qu'elle ne courait aucun danger pour elle-même en jetant des livres dans les rangs de ceux qui n'avaient pas lu : elle ne disait pas tout, et elle gardait la clef des choses qu'elle jugeait bon de dire.

C'est en raison de ces vues, toujours présentes à l'esprit des défenseurs du Brâhmanisme, que les Pourânas ont pris tout d'abord et conservé éminemment la caractère d'œuvres didactiques : l'ensei-

---

[1] Voy. la préface de **M.** Burnouf au tome I du *Bhâgavata*, p. XXXI. III. — Les *Soûtas* étaient versés dans tout ce qui concerne l'art de la parole, à l'exception du Véda. *Bhâgav.* I, ch. 4, st. 13.

gnement religieux et mythologique, c'est leur but commun à tous ;
sur ce terrain, ils offrent une sorte de concordance, tandis qu'ils va-
rient notablement de l'un à l'autre dans la partie légendaire. Les
doctrines et les traditions, que reproduisent les Pourânas, remontent, la plupart, jusqu'à l'origine même de la société indienne ; il n'y
a point mensonge de la part du poëte à déclarer le *Bhâgavata* égal
aux *Védas*, formé de leur essence et de celle des *Itihâsas* ou narrations épiques [1]. Mais elles apparaissent dans les Pourânas sous la
forme qu'elles ont prise dans les siècles intermédiaires entre la haute
antiquité et le moyen âge ; c'est ainsi qu'on a lieu de présumer que
plusieurs d'entre elles ne seraient pas moins anciennes, quant au
fonds, que le IIIe siècle avant l'ère chrétienne [2]. Il en est tout autre-
ment de leur rédaction écrite, que nous possédons, sous la désigna-
tion uniforme de Pourânas. Selon toute vraisemblance, la rédaction
en est moderne, d'après toutes les considérations qu'a suggérées
l'étude de leur texte et de leur contenu ; car, il est de fait que, si les
plus considérables d'entre les Pourânas ne remontent pas, dans leur
forme actuelle, au delà du XIIe ou du XIIIe siècle, comme on le verra
plus loin, les moins étendus, qui sont incontestablement des œuvres
d'abrégement et de compilation grossière, descendent jusqu'à des
temps très-rapprochés de nous.

En poursuivant attentivement cet ordre de recherches, on est
parvenu à découvrir, et c'est là le triomphe de la critique prudente
et sûre de MM. Burnouf et Wilson, qu'il a existé deux espèces de
Pourânas : les uns, les plus anciens, formant jusqu'à six recueils différents ; les autres, nouveaux par rapport à ceux-ci, et distribués en
plus grand nombre d'ouvrages distincts. Les premiers se composaient
surtout d'éléments cosmogoniques et héroïques ; ils renfermaient les
généalogies détaillées des dynasties et des races dominantes : on en
rapporterait la première rédaction aux *Soûtas*, à ces bardes écuyers
qui mêlaient les chansons de geste aux histoires divines. Les se-
conds Pourânas ont été produits par l'amplification des premiers ;
cependant, en raison de la place qui devait y être faite à des fictions
nouvelles, à des inventions étranges, ils ont été dépouillés d'une
partie des listes généalogiques et des données chronologiques qui
appartenaient en propre à leurs modèles. Quand on a remanié la

---

[1] *Bhâgav.* Liv. I, chap. 3, st. 40-41. Liv. II, chap. 1, st. 8.

[2] Voy. la préface de M. Wilson, au *Vishnu Purâna*, p. LXIII.

matière des Pourânas, bien des traditions d'un caractère héroïque et
d'une forme épique auront été transportées dans le *Mahâbhârata*, et
remplacées par des légendes qui n'avaient guère qu'un but moral et
religieux [1] : s'il est resté des débris d'histoire dans leur seconde rédaction, l'œil exercé de la science européenne doit les y chercher à
grand'peine. Les Pourânas, plus anciens, étaient des collections de
documents, faites sans critique, il est vrai, mais du moins très-fidèles ;
on ne peut les comparer avec plus de justesse qu'aux écrits des premiers Logographes grecs ; seulement, dans l'Inde, la critique ne
revint point plus tard à la charge, et une littérature historique ne
sortit point de la Logographie [2].

Malgré la diversité de leurs titres, les Pourânas, qu'on possède ac-
tuellement, dérivent, sans le moindre doute, d'une même source : de
ce que plusieurs d'entre eux répètent les mêmes légendes, en repro-
duisant jusqu'aux mêmes expressions de passages vraiment étendus,
on serait en droit de conclure, avec M. Wilson, qu'ils ont été copiés,
et en quelque sorte calqués sur un ancien ouvrage, sur un original
commun [3]. On citerait encore, à l'appui de cette opinion, grand nombre de faits qui ne sont pas exposés, mais simplement indiqués par
manière d'allusion à d'autres textes suffisamment connus.

Selon toute apparence, nous n'avons plus rien de la première
forme de ces légendes pourâniques, qui étaient l'analyse idéale de
l'histoire héroïque de l'Inde : nous n'en pouvons plus juger que par
les compositions détachées qui en ont recueilli l'importance et la
célébrité. Mais qu'est-il nécessairement arrivé dans le remaniement
des mêmes légendes ? C'est que l'esprit nouveau des religions indiennes s'est fait jour aux dépens de leur fond primitif, par conséquent de leur vérité à titre de mythes et de symboles ; or, l'adoration de Vichnou a, en quelque façon, absorbé à son avantage exclusif
la meilleure partie, historique et dogmatique, des Pourânas modernes. Ce n'est donc plus l'image pure de l'antique Brâhmanisme
qui revit dans ces gigantesques poëmes ; c'est la religion traditionnelle des Hindous, mais accrue de symboles relatifs à la divinité de
Vichnou ou à celle de Çiva, ainsi qu'aux rites inventés par leurs sectateurs. Ici s'est produit un étonnant syncrétisme, par l'ascendant

[1] Burnouf, préface du tome I, p. XXXVI.
[2] Lassen, *Indische Alterthumskunde*, tome I, p. 481.
[3] *Vishnu Purâna*, préface, p. IV.

duquel les poëtes compilateurs ont fait tourner la plupart des histoires antiques, en l'honneur des dieux favoris des populations au
milieu desquelles ils écrivaient ; mais n'anticipons pas sur la définition
de ce syncrétisme, que nous reprendrons plus loin, en l'appuyant de
quelques exemples.

Ce que nous avons dit jusqu'ici des Pourânas prouve assez l'autorité de la tradition dans l'Inde ; on la recherche, on l'invoque comme
antique et vénérable, alors même qu'on l'altère. Malgré la pression
que leurs convictions ardentes devaient exercer sur l'esprit des auteurs, les compilations poétiques, dites Pourânas, ont été à leur tour
des véhicules de la tradition religieuse. Mais il n'est pas moins vrai
qu'elles rendent témoignage à la tradition littéraire de l'Inde brâhmanique. Qu'on interroge avec lenteur et sagacité leur style et leur
contenu, leur témoignage apparaît à cet égard si fidèle, si exprès
même, qu'on peut sans crainte y chercher des notions historiques
sur la succession des œuvres sanscrites, qu'on peut même y saisir
un fil conducteur à travers les siècles littéraires de l'Inde jusqu'à la
période de l'hymnologie des Védas.

Dérivant de recueils qui ont d'abord possédé la destination d'archives héroïques, les Pourânas sont remplis d'allusions à des monuments de tout âge ; bien qu'ils ne reproduisent pas la lettre des
Védas, ils relèvent en maint passage des livres originaux de l'antiquité védique ; ils conservent en quelques endroits, avec fidélité,
le souvenir des dieux du Naturalisme et le merveilleux qui avait
rehaussé leurs premières légendes parmi les tribus ariennes de
chasseurs et de bergers. En d'autres endroits, ils redisent les aventures des familles guerrières, ils résument ces généalogies consi-
gnées plus amplement sous le titre de *Vanças* et de *Gotras* dans les
deux épopées, surtout dans le *Mahâbhârata* : il serait même exact
de dire que ce grand poëme est la source principale et bien recon-
naissable de tout ce que la plupart des Pourânas renferment d'historique [1]. Ajoutons qu'ils ne sont pas moins riches en rapprochements avec les traités de jurisprudence qui étaient entrés dans le
cadre de la littérature sacrée, élargi à diverses reprises, d'après les
besoins des grandes époques.

[1] Voy. Lassen, ouvr. cité, p. 481-485.— Wilson, préface, p. LVIII, et p. 460 du
Vishnu Purâna. — Le *Bhâgavata* (Liv. I, ch. 5, st. 3) appelle le *Bhârata* « trésor de
toutes les choses utiles. »

Ainsi les Pourânas se présentent comme des compléments tardifs, comme des résumés populaires des œuvres qui avaient créé le système brâhmanique ou qui en avaient assuré la perpétuité : prières et liturgies, méditations philosophiques, traditions chantées, codes politiques et religieux des nations indiennes, tels sont autant d'ouvrages dont ils dénotent la transmission séculaire, et dont ils viennent attester à leur tour l'existence légale. Dès que l'on considère la valeur intrinsèque des Pourânas, ainsi que leur connexion avec les productions anciennes et classiques du même pays, on est porté à les consulter comme des documents d'une dernière époque qui jettent quelque jour sur la destinée des lettres dans l'Inde à toutes les époques antérieures.

Assurément, c'est déjà un assez grand profit pour la science que de pouvoir, à la lumière de semblables documents, établir un classement général parmi les œuvres innombrables de la littérature sanscrite, et les ranger de proche en proche dans un certain rapport d'âge, dans un enchaînement chronologique, à défaut de dates vraiment fixes et précises. Quand une classification plus exacte aura été réalisée, alors seulement il deviendra possible de mettre la chronologie des œuvres indiennes rigoureusement en parallèle avec la chronologie des littératures anciennes et modernes chez les peuples occidentaux par rapport à l'Inde. Nous allons nous attacher uniquement ici au premier essai de ce genre, tel qu'il a été tenté par M. Burnouf et ses dignes émules dans la lice où ils sont entrés ensemble.

On n'a pas de peine à se figurer les œuvres de l'esprit indien comme formant une seule et même échelle, dont les Védas occupent le sommet, et les Pourânas la base : au milieu vient se placer l'histoire chantée par les rhapsodes brâhmanes sous forme de récits épiques, les *Akhyânas* et les *Itihâsas*. On voit ainsi se dessiner trois périodes littéraires qui ont une analogie frappante avec les trois périodes entre lesquelles se partage la succession des religions et des cultes de l'Inde. La vérité des synchronismes est ici placée fort audessus de rapprochements qui ne seraient qu'hypothétiques : «Dans « l'Inde, dit M. Burnouf[1], le développement de la littérature est paral-« lèle à celui de la religion, dont les monuments écrits sont, pour toutes «les époques, les plus grandes productions du génie brâhmanique.»

Aucune classe de livres sanscrits ne peut le disputer en antiquité

Préface du tome I, p. CXV.

aux livres appelés VÉDAS, en ce sens qu'ils renferment le plus haut savoir révélé aux hommes par la divinité même ; les paroles en ont été inspirées à des *Richis* ou chantres divinisés pour leur sagesse. Ce ne sont point d'ailleurs des livres d'une origine tout à fait mystérieuse, d'une existence incertaine et contestée, comme on a coutume de considérer les livres sacrés d'une foule de peuples anciens qui n'ont su en conserver aucun débris. Les *Védas* de l'Inde forment un corps d'écrits transmis par une tradition non interrompue jusqu'aux temps modernes ; hymnes chantées, formules liturgiques , récits légendaires, c'est sous ces trois formes qu'ils ont conservé le travail intellectuel d'où est sorti le culte brâhmanique. L'Europe jugera bientôt l'importance de leur texte qui sera livré entièrement avec l'appareil des commentaires indigènes à l'étude du monde savant[1].

À la composition des Védas répond la formation du Naturalisme qui a été la première phase du polythéisme indien [2]. C'est, en effet, la nature déifiée dans ses éléments et ses lois, surtout dans ses phénomènes lumineux, qui fait l'objet des cantiques et du rituel que ces livres renferment. Leur priorité d'âge sur toutes les autres productions sanscrites ne découle pas seulement du genre de notions religieuses qu'ils exposent, mais encore de l'état rudimentaire d'une langue qui est parvenue plus tard à une perfection si rigoureuse de formes grammaticales ; elle est de plus attestée par la série de gloses et de travaux exégétiques qui leur ont été consacrés et qui ont exigé le labeur de plusieurs générations savantes ; en d'autres termes, la science interprétative qui avait pour but d'éclaircir ou de défendre les Védas, reporte leur composition primitive dans un âge reculé par rapport aux temps historiques de l'Inde.

Une seconde catégorie d'ouvrages sanscrits a son origine dans une nécessité sociale pour les Hindous, celle de conserver à la fois la tradition héroïque des Aryas et les mythes nés au berceau même des religions indiennes. Dans cette période, de nouvelles légendes

---

[1] On devra une édition complète et critique de trois Védas, le *Rig*, le *Yadjour*, le *Sâman*, à des indianistes allemands déjà célèbres : MM. Max Müller, Alb. Weber et Théod. Benfey. D'un autre côté, la traduction française, aujourd'hui terminée, du *Rig-Véda* ou Livre des Hymnes, par M. Langlois, de l'Institut, fera l'initiation d'un public plus nombreux à la connaissance de cette poésie religieuse.

[2] Nous avons soutenu naguère cette thèse dans une monographie intitulée : *Essai sur le mythe des Ribhavas, premier vestige de l'apothéose dans le Véda*. (Paris, 1847.)

divines furent inventées, à l'appui des cultes idolâtriques qui tendaient à glorifier les dieux du panthéisme, Brahmâ, Çiva, Vichnou, et dès lors aussi prit naissance la doctrine des Incarnations désormais si féconde dans l'Inde. Ce mouvement religieux eut pour expression la littérature épique, celle des récits essentiellement traditionnels, dits *Akhyânas* et *Itihâsas*, c'est-à-dire des récits faits par des témoins oculaires ou composés d'après le texte littéral des paroles d'autrui. Dans la rhapsodie sanscrite, comme dans la *Saga* du Nord, des croyances primitives étaient sans cesse mêlées à des souvenirs guerriers.

Dans cette littérature épique, la seconde évolution du polythéisme indien nous est représentée avec les signes distinctifs de l'anthropomorphisme, et, d'autre part, la société brâhmanique nous y apparaît tout organisée, parvenue à son état normal, avec son histoire mythique, avec ses codes de lois, avec ses archives sacerdotales et royales. L'épopée, qui n'en a pas moins été mise parmi les livres inspirés, a été le travail d'époques florissantes, où les populations de l'Inde, unies par un même symbole, vivaient en paix sous une constitution qui perpétuait les coutumes patriarcales. Le *Ramâyana* est une œuvre d'art qui reflète la civilisation avancée sous les auspices de laquelle Valmîki chantait une expédition nationale conduite à travers l'Inde, par les princes d'une antique dynastie [1]. Entreprise plus de dix siècles peut-être avant l'ère chrétienne, la rédaction de l'*Itihasa* par excellence, du *Mahâbhârata*, n'a été terminée que dans des temps très-voisins de cette ère, et quelques parties ne l'ont même été que plus tard. Le recueil enfin clos, les derniers rédacteurs qui y mettent la main déclarent « qu'il n'est sur la terre aucune histoire qui ne s'appuie sur ce grand récit, comme il n'est point de corps qui subsiste sans nourriture. »

Enfin, à une troisième phase des religions indiennes correspond une troisième classe de productions littéraires, qui portent en elles-mêmes des traces d'une composition bien postérieure à celle des précédentes ; ce sont les poëmes pourâniques dont nous avons déjà essayé d'assigner l'âge, et de définir le sujet et les tendances. Les Pourânas sont les organes d'une religion qui s'est élaborée après la

---

[1] L'édition du *Râmâyana* donnée par M. Gorresio, de l'Académie de Turin, avec une traduction italienne parvenue présentement à son second volume, a enrichi d'un monument véritablement grand les études générales de littérature et de critique.

période mythico-héroïque des croyances indiennes ; ils consacrent
la prédominance d'une seule divinité sur toutes les autres ; ils donnent une figure sensible au mysticisme effréné des sectes qui la pro-
clament ; ils sont surchargés de légendes qui s'adressent autant à
l'imagination qu'à l'intelligence du croyant. Leur langage, comme
leur esprit, atteste un nouvel et ardent travail des poëtes pour
approprier d'anciennes histoires aux dogmes qui avaient prévalu à
la suite des luttes ou des transactions religieuses.

. Telle est, dans l'ordre naturel et conforme à l'influence des doctrines, la succession des œuvres capitales qui représentent l'activité
philosophique et les besoins littéraires de l'esprit indien. Il suffit de
considérer quels ouvrages étendus appartiennent à chacune des trois
périodes que nous venons d'esquisser à l'instant, pour reconnaître
qu'en réalité un espace de plusieurs siècles a séparé la production
de tels ouvrages qui sont comme autant d'images fidèles de grandes
époques historiques [1]. Encore une fois, la diction et les formes du
langage, aussi bien que les idées, dénotent un déroulement lent et
longtemps progressif des forces originales de la pensée indienne.

Éclairé qu'on est aujourd'hui par de telles données, pourquoi
craindrait-on de transporter les œuvres les plus anciennes de la
littérature sanscrite dans l'âge même où était en vigueur la croyance
qui les a inspirées ? Nous ne balancerions pas à mettre dans la
bouche des pasteurs ariens, premiers civilisateurs de l'Inde, ces
cantiques qui invoquent toutes les puissances phénoménales du
monde avec autant de simplicité que de grandeur ; il n'y aurait
point d'exagération à placer, en conséquence, leur première composition, ou plutôt improvisation, quinze à dix-huit cents ans avant
Jésus-Christ. Si la conquête de l'Inde centrale par les Aryas s'est
effectuée à une date non moins ancienne que celle de la Grèce par
les Pélasges, et ensuite par les Hellènes ; si le fond antique de
l'épopée sanscrite retrace les rivalités et les luttes des races con-
quérantes, il serait juste d'assigner le XIVe ou le XIIIe siècle aux
premiers essais des Rhapsodes de l'Inde [2]. A ce compte, l'épopée,

---

[1] Si nous n'avons pas donné place dans ce court tableau aux drames de Calidâsa et de ses imitateurs, aux poésies descriptives, aux recueils d'apologues et de
contes, qui datent de l'un ou l'autre siècle de la seconde période, c'est en raison
du caractère profane de toutes ces productions et de leur succès passager par
rapport aux œuvres consacrées à la tradition religieuse.

[2] Voy. Wilson, préface du *Vishnu Purâna*, p. LXV, p. LXX.

comme refuge des traditions chantées, aurait eu plus de mille ans
pour se parfaire, par l'accession de légendes, de généalogies, et
même de traités didactiques.

Il est, fort heureusement, d'autres données, plus précises peut-
être, qui viennent en aide à ces inductions générales sur l'âge ancien
des *Védas* et des *Itihâsas,* ou narrations qui ont constitué le noyau
primitif des poëmes épiques. Voici le premier de ces rapprochements
historiques; il est tiré de l'histoire du Bouddhisme, que M. Burnouf
a naguère élucidée avec un merveilleux talent d'analyse[1]. Les rédacteurs des *Soûtras,* ou écritures authentiques des Bouddhistes, n'ont
pas fait difficulté de mentionner les Védas et les traités légendaires
qui s'y rattachent comme des livres bien connus au moment même
où parlait et enseignait leur maître. Or, s'il est avéré que le Bouddhisme est né dans l'Inde à l'époque du Bouddha Çakyamouni, c'est-
à-diro au VIIe siècle avant Jésus-Christ, il est indispensable de donner à la littérature sacrée des Brâhmanes un développement de
plusieurs siècles avant celui du réformateur. Ainsi se confirme
l'antiquité respectable que nous attribuions tout à l'heure à la production des chants et des liturgies védiques, ainsi qu'à celle des
légendes ou narrations d'une période qui les a immédiatement suivis.
Un second rapprochement a été fourni depuis plus longtemps à la
science par les sources grecques : au témoignage de voyageurs
occidentaux qui ont visité l'Inde après l'expédition d'Alexandre, les
institutions du Brâhmanisme y étaient alors très-florissantes, comme
elles nous sont décrites dans le Code de Manou. Eu égard au temps
qu'exige le développement des doctrines et des institutions qui en
découlent, il faut bien lui accorder un espace d'environ dix siècles.
On est donc rigoureusement dans le vrai, en rejetant bien au delà
du IVe siècle avant notre ère, sinon la rédaction, du moins l'élabo-
ration des poëmes épiques et juridiques qui nous montrent en plein
exercice les institutions originales des nations hindoues.

Les considérations qui précèdent au sujet des deux premières
périodes littéraires de l'Inde, celle des *Védas* ou des écritures
sacrées, et celle des *Itihâsas* ou des narrations épiques, nous ra-

---

[1] *Introduction à l'Histoire du Bouddhisme indien,* tome I, 1844, p. 129-38.—Voir
les deux articles que nous avons consacrés à cet ouvrage, en 1845, dans le *Corres-*
pondant, tomes XI et XII.

mènent naturellement à celle des *Pourânas* et à leurs textes connus, dont l'étude collective a livré des armes nouvelles et sûres à la critique ; il vaut certes la peine d'examiner à la faveur de quelles circonstances ont vu le jour de si volumineux recueils de poésie religieuse, fruits d'une seconde expansion du génie épique dans le même pays.

C'est bien ici le lieu de faire observer qu'il n'y eut pas de même une seconde période dans l'histoire de l'épopée grecque, avec laquelle l'épopée indienne a des affinités incontestables, et pourquoi une semblable rénovation a été impossible en Grèce. Tandis que la littérature de l'Inde a toujours été religieuse, et même sacerdotale, la poésie grecque s'est bientôt émancipée de l'autorité directe du sacerdoce national, alors même qu'elle s'est inspirée du sentiment religieux ; après les temps de sa perfection classique, elle est devenue une affaire d'érudition et de goût littéraire, sans jamais revendiquer la mission de célébrer des croyances. Quand l'Hellénisme fut menacé dans son existence même par le Christianisme, ce fut la philosophie qui prit sa défense et qui prétendit animer d'une vie nouvelle la mythologie qu'Homère avait chantée. La poésie ne fut donc pas appelée à créer une autre littérature mythologique en vers. Puisque les poëmes homériques du moyen âge n'ont eu aucun caractère sacré, force nous serait de remonter à l'enfance de la poésie hellénique pour trouver des œuvres qui entrent en parallèle avec les Pourânas. Ce seraient, entre toutes les productions dont mention est faite dans les sources, les poëmes cosmogoniques et théogoniques attribués à Hésiode et à l'école de la Béotie, ainsi qu'à Épiménide de Crète et Aristée de Proconnèse, pour ne point parler des mystérieuses poésies sorties des écoles orphiques ; ce seraient encore les Titanomachies, ou Guerres des Titans, œuvres du Cycle épique mises sous le nom d'Eumèle et d'Arctinus. Nous bornant à constater en ce moment que la culture littéraire de la Grèce n'offre point de ce côté de véritables synchronismes avec celle de l'Inde, revenons aux poëmes mythologiques qui ont été l'occasion de ce court parallèle.

On expliquerait mal l'origine des Pourânas, si l'on s'en tenait uniquement à ce besoin de résumer, de compiler, qui s'empare des peuples dans les périodes décroissantes de leur littérature et de leur science : il faut se représenter le Brâhmanisme dans son œuvre

d'organisation sociale, il faut le suivre dans son histoire, dans sa
géographie même, pour se rendre raison de si nombreux remaniements des mêmes légendes qui ont été opérés en des temps et en
des lieux fort divers, comme les textes pourâniques en font foi.

Dans les quatre derniers siècles de l'antiquité profane, la religion
Brâhmanique n'avait pas cessé de perdre du terrain devant le Bouddhisme, qui s'était fortifié sous la protection de quelques princes
puissants ; cependant, bien que réduite à fuir de plusieurs États,
bien qu'éclipsée par sa rivale, elle avait toujours conservé sur le sol
même de l'Inde quelques asiles, où ses trésors de poésie historique
furent préservés de toute atteinte. Dès lors, il se fit vraisemblablement un travail qui tendait à populariser, en les abrégeant ou en les
condensant, les traditions mises jusque-là avec un respect religieux
sous la sauvegarde des écritures sacrées. Les Brâhmanes favori-
sèrent cette tendance, comme nous l'avons dit plus haut, tout en
surveillant la confection des poëmes, qui allaient devenir livres
symboliques entre les mains de l'immense majorité des Hindous,
sans distinction de castes. Les premières collections pourâniques
ne furent autre chose, ce nous semble, que des résumés de tout
ce qui formait l'histoire merveilleuse du Brâhmanisme, des Aryas et
de leurs Dieux, des castes et des dynasties, à partir de périodes si
reculées qu'elles échappent à tout calcul. Donner au peuple des
Pourânas, c'était lui fournir les seules annales auxquelles il pût
ajouter foi et porter intérêt. Puis il advint, quand les populations
brâhmaniques prévalurent de nouveau dans les pays de l'Inde, d'où
elles avaient expulsé les Bouddhistes, qu'elles se répandirent bientôt
après au delà des limites qu'elles n'avaient encore franchies en aucun temps : c'est alors que le Brâhmanisme conquit le midi de la
Péninsule, en suivant le même mouvement qui avait de temps immémorial porté la civilisation du nord-ouest au sud-est. A chaque
halte qu'il fit en établissant son influence sur les côtes orientales et
méridionales de l'Inde, il s'opéra dans sa littérature, toute de tradition, une sorte de renaissance ; le remaniement d'anciens ouvrages produisit de nouveaux traités en tout genre, exégèse des
Védas, philosophie, grammaire, recueils de contes. Seulement,
ces productions conservèrent le cachet des lieux nouveaux où vivaient leurs auteurs, et c'est ainsi que les Pourânas, qui furent de
ce nombre, gardent l'empreinte, non-seulement des cultes qui

étaient en faveur à une époque déterminée, mais encore des mœurs et de l'esprit des contrées où ils ont été recomposés.

Rien de surprenant, d'après cela, qu'une certaine nouveauté de conception ait marqué les anciens mythes reproduits dans les poëmes pourâniques qui appartiennent à ces restaurations partielles du Brâhmanisme ; rien d'étonnant non plus que la scène des événements antiques et même fabuleux ait été transportée sans scrupule du nord de l'Inde dans le midi [1]. A ce point de vue, les Pourânas sont des produits, en quelque sorte nécessaires, des renaissances successives qui se sont faites au profit de la littérature orthodoxe des Brâhmanes, en des lieux fort éloignés les uns des autres, et dans des temps assez voisins du nôtre.

Ce coup d'œil une fois jeté sur les progrès que la civilisation des Aryas a faits au sud de l'Inde, on s'explique plus facilement l'accroissement qu'ont prises des œuvres du genre des Pourânas ; on comprend comment elles ont pu croître en nombre et en étendue, jusqu'à former, dans la seconde rédaction qui nous est seule connue, la masse de seize cent mille vers, comme s'accordent à le dire les meilleurs des polygraphes indiens. Les plus anciens Pourânas ont été comme une première assise sur laquelle on a bâti une littérature mythologique, devenue pyramidale, malgré l'espace étroit de ses fondements : les nouveaux Pourânas, enrichis d'ornements, surchargés d'invocations, ont quelque ressemblance avec ces pagodes de Mahâbalipouram, bien connues du voyageur, qui se composent d'étages d'un diamètre égal à celui de leur base battue par les flots, et qui sont couronnées jusqu'au faîte de gracieuses sculptures.

Les faits que nous invoquions plus haut doivent aussi nous donner la raison de la répétition si fréquente des mêmes légendes, sous des titres différents, dans les Pourânas : partout la curiosité de la foule devait être satisfaite ; toujours la ferveur des sectaires devait se produire sous l'autorité d'anciennes fables. Ce n'était pas trop d'une légende poétique pour donner à des lieux tout modernes de pèlerinage et d'ablutions sacrées la consécration d'une mystérieuse antiquité. L'esprit religieux des populations avait à tous ces égards tant d'exigences, qu'il s'est produit dans une même langue, mais dans des localités distinctes, une série considérable d'œuvres ayant au-

---

[1] Burnouf, préface du tome III, p. XXVIII-XXXI.

tant de ressemblance dans leur exposition que dans leur sujet.

Les dix-huit Pourânas ont été l'œuvre de plusieurs écoles de poëtes, et ils ont été mis au jour dans des contrées fort diverses. Il en est quelques-uns, toutefois, qui ont acquis dans l'Inde une popularité universelle, eu égard à leur ampleur, à leur plan encyclopédique, ainsi qu'au talent de leurs auteurs : de ce nombre sont le *Vichnou*, l'*Agni*, le *Vâyou*, et surtout le *Bhâgavata Pourâna*. La date de la collection entière de ces livres répond au moyen âge des peuples occidentaux : la plupart ont été rédigés du XIIe au XVIe siècle de notre ère. Au jugement de M. Wilson, qui a été à même de manier en ce genre de nombreux manuscrits, le IXe ou le Xe siècle est la date la plus ancienne que l'on puisse assigner à celui d'entre eux qui est plus pur comme compilation, le *Mârkândéya*, ainsi appelé de ce que l'histoire est rapportée par le sage ou prophète de ce nom. Le *Vichnou Pourâna* serait antérieur, peut-être, au XIIe siècle, mais ne remonterait pas au delà du VIIIe : le *Bhâgavata*, qui est une œuvre d'érudition autant que d'inspiration, et qui a en partage une véritable supériorité de style, serait une œuvre du XIIIe siècle rapportée au nom individuel de Vopadéva [1].

Qu'on sache bien, cependant, que des indices tout extérieurs ne suffisent pas pour qu'on prononce sur l'âge des œuvres pourâniques : ce ne sont point, par exemple, les plus récentes qui renferment seules la liste complète des dix-huit Pourânas ; il paraît que cette liste a été insérée après coup dans le texte de chacune d'elles, afin d'en assurer d'autant mieux l'autorité. C'est donc une de ces interpolations obligées et conventionnelles qui ne peuvent faire préjuger l'âge d'un écrit. En faisant l'analyse des grands Pourânas, Wilson déclare que le texte actuel de quelques-uns de ces livres n'est pas authentique, puisqu'il ne répond pas au contenu d'un véritable Pourâna [2].

S'il est dans les textes mêmes des notions qui serviront un jour à établir entre les Pourânas une sorte de chronologie, ce sont bien celles qui ont trait à l'origine et aux progrès du Vichnouïsme. On

---

[1] Voir la préface de Wilson *du Vishnu Purâna*, p. XXXVI, p. XXXI, p. LXXII. — Burnouf, *Bhâgavata*, préface du tome I, p. XCVI-CIII.

[2] Les Indiens énumèrent de même au nombre de dix-huit les *Oupapourânas*, ou Sous-Pourânas, compilations mesquines inférieures en âge comme en composition aux poëmes qui traitent des mêmes sujets et qui leur ont servi de modèles. — Voy. la préface de Burnouf, tome I. p. LXXXIX, et celle de Wilson, p. LV.

n'a pas de peine, en effet, à remarquer de l'un à l'autre plus ou
moins d'exaltation, et même de violence, dans la manière de glorifier le dieu nouveau et de vanter les pratiques de son culte. Ainsi,
l'absence d'un esprit de secte ardent et fanatique augmente singulièrement la valeur historique et doctrinale du *Vichnou Pourâna;* la
vie de Krichna, qui en remplit le V° livre, est traitée avec une
sobriété et une simplicité qui font contraste avec les récits qu'en font
le *Brâhma* et le *Bhâgavata.* Par contre, on rapporterait à une bran-
che toute moderne du Vichnouïsme un Pourâaa, tel que le *Brâhma-
Vaïvarta,* où sont accumulées des aventures puériles sur l'enfance
de Krichna, sur ses amours avec les *Gopîs* ou bergères du pays de
Bradj[1]. Il serait donc nécessaire d'interroger le dogmatisme des
poëmes pour décider à quelle phase des cultes modernes chaque
œuvre serait légitimement rapportée. Les Pouranistes n'ont, du
reste, rien négligé pour donner le change à la foule sur l'âge des fables vichnouïtes mêlées à des traditions ariennes; mais faudrait-il,
en conséquence, accueillir avec une égale défiance tous les mythes insérés comme anciens dans les Pourânas? Quand on a fait la
part d'un mysticisme novateur qui se trahit toujours dans l'exposition même, on reconnaît aisément dans chaque ouvrage la même
source traditionnelle d'un grand cycle d'histoires divines et humaines, et d'ailleurs, suivant la remarque de M. Burnouf, tirée de l'é-
tude du *Bhâgavata*[2], « les modifications qu'a subies le vieux sys-
« tème indien se sont faites par voie d'addition plutôt que par
« voie de substitution, et elles ont conservé, avec une rare fidélité,
« les éléments anciens sur lesquels elles travaillaient, et qu'elles ne
« pouvaient altérer impunément. »

Il ressort assez des considérations que nous venons de résumer
que la lecture des Pourânas ne peut être faite dans un but scientifique et critique sans de minutieuses précautions. Est-il besoin de
prouver combien est rude et longtemps ingrate l'investigation de
sources qui se composent d'éléments si divers, et quel talent ont apporté à l'accomplissement de cette tâche les illustres indianistes dont

[1] Voy. Wilson, préface du *Vishnu P.*, p. LXIV-XXI, p. XL-LI. Le poëme, dit
Harivança, et qui est l'histoire spéciale et détaillée de Krichna, se rapproche beaucoup plus des Pourânas que du *Mahâbhârata* auquel il sert d'appendice (Voy. Wilson, *Ibid.*, p. LVIII). M. Langlois l'a traduit entièrement en français avant que le
texte en fût imprimé. (1835, 2 vol. in-4°.) — [2] Préface du tome I, p. CXX.

les recherches sont ici analysées, sans que nous ayons toujours pu
établir leurs titres personnels? Pour bien apprécier cette tâche, qu'on
se figure l'interprète européen sans cesse aux prises avec des obscurités
de toute nature, subtilités philosophiques, fictions étranges, allégories
mythologiques, enchevêtrement des composés indiens, caprices d'une
langue qui tantôt se raidit dans une concision dogmatique, tantôt se
joue et se dilate dans un pléonasme continuel de mots et d'images ;
que l'on considère tout ce qu'il a fallu de patience et d'habileté, de
sagacité et d'intelligence aux traducteurs du *Vichnou Pourâna* et du
Bhâgavata, pour s'emparer de la pensée orientale, pour la dégager
de ses formes luxuriantes, pour en assouplir l'expression, suivant la
logique des langues de l'Occident, ce ne sera que justice de mettre
leurs beaux travaux au rang des conquêtes les plus remarquables de
l'érudition moderne.

§ 2e.

L'intérêt historique qui s'attache à l'étude des Pourânas ne pouvait être mieux caractérisé qu'à la faveur d'un rapprochement
comme celui que nous avons exposé ci-dessus, en prenant pour
terme de comparaison la longue série des œuvres capitales du génie
indien. Mais ces grands poëmes ne méritent pas moins d'être con-
sidérés en eux-mêmes, et ce sera le complément naturel de notre
travail, que de faire ressortir l'intérêt littéraire que présente leur
lecture. Il ne nous appartient pas de toucher, dans ces quelques
pages, à toutes les questions vraiment instructives qui ont trait à
leur composition : ce que nous ne pourrions entreprendre sans interpréter bien des fables, sans entrer dans le détail des doctrines et
des opinions, sans produire en témoignage des extraits de quelques
poëmes remarquables par la beauté de la forme. Au moins tirerons-
nous de l'étude des livres pouraniques les plus estimés la matière
d'analogies et de comparaisons littéraires jetant quelque jour sur les
destinées modernes de la poésie dans le haut Orient.

Eu égard à la nature de leur sujet et aux circonstances de leur
rédaction, les Pourânas, tels que l'Inde nous les a transmis, ne sont
pas des œuvres originales produites d'un seul jet. Comme nous
l'avons établi précédemment, rédigés une première fois à titre
d'annales héroïques et mythologiques, ils ont été remaniés et amplifiés en vue des besoins intellectuels et moraux des peuples de la

péninsule indienne. Ce n'est pas la partie la moins attrayante de notre tâche, que de retracer avec une netteté concise les voies qu'ont suivies les Pouranistes pour servir les intérêts de sectes vraiment puissantes et pour concilier à leur poésie un succès littéraire qui allât jusqu'à la popularité.

Considérons tout d'abord comment le sujet des Pourânas s'est prêté aux innovations hardies que les bardes de l'Inde moderne y ont introduites, et à quel point de vue il devait être fécond entre leurs mains. A vrai dire, aucune matière ne leur laissait plus de liberté que ce fond si ample de mythologie héroïque, qui avait été résumé antérieurement sous le titre de Pourânas. Les faits d'histoire y avaient reçu, comme dans les sections les plus récentes de l'Épopée, une enveloppe mythique; ils y étaient mêlés à des fictions conformes à l'esprit des cultes entés tour à tour sur la religion védique comme sur une même souche. Qu'ont fait les derniers poëtes? A l'exemple des anciens chantres de la nature, et sur le modèle des poëmes narratifs et didactiques postérieurs aux Védas, ils ont créé à leur tour une poésie moitié historique, moitié hiératique, qui fût en harmonie avec la foi des populations gagnées au Vichnouïsme : de là une tendance à tout agrandir, à tout compléter, à la condition, tantôt de résumer beaucoup, tantôt de mettre des fictions tout à fait neuves sous l'autorité de fictions plus anciennes. Les premiers auteurs de Pourânas s'étaient bornés à y faire entrer comme éléments principaux la cosmogonie, l'histoire et la géographie des Aryas, d'accord avec la tradition nationale et le système brâhmanique : de ce genre étaient les textes légendaires dont il est question plus d'une fois dans les *Brâhmanas* du Véda. Les Pouranistes du second âge ont ajouté à ce fond nécessaire de leurs compositions des éléments mythologiques, et même des éléments spéculatifs.

A une première époque, la critique indigène n'avait attribué aux Pourânas que cinq signes ou caractères distinctifs : la création des mondes, leur destruction, les généalogies, les règnes des Manous, les actions des familles royales, telles étaient, d'après le plus ancien vocabulaire sanscrit [1], les matières principales renfermées dans un

---

[1] *L'Amara-Kocha*, (l. I, ch. I, sect. 5, v. 6), dont l'auteur, Amara Sinha, vivait moins d'un siècle avant Jésus-Christ. — Suivant Wilson (*ouv. cité*, p. LIX), aucun autre Pourâna ne s'accorde autant que le *Vichnou* avec la définition ancienne de ce genre d'écrits.

de ces livres de cosmogonie et d'histoire. Mais quand la métaphysique, comme aliment du mysticisme indien, eut fait invasion dans ces mêmes livres, à l'occasion de leur remaniement, elle n'y prévalut qu'en portant dommage à la tradition historique. C'est alors que l'on en vint à distinguer dix signes dans la composition des Pourânas, amplifiés dans un sens aussi bien philosophique que théologique; on serait autorisé à les énumérer ainsi, d'après quelques textes[1] : création et création secondaire, existence et gouvernement des Manous, idée des œuvres et histoire des races royales, anéantissements périodiques et délivrances finales, éloge de Hari (Vichnou) et glorification de tous les autres Dévas. Il doit être entendu que toutes ces matières ne se présentent pas dans un ordre déterminé, mais qu'elles sont contenues implicitement dans le corps de l'écrit.

Veut-on retrouver les éléments primitifs des grands Pourânas (*Mahâpourânas*), comme on appelle le *Bhâgavata* et quelques autres, on est tenu d'en retrancher toutes les parties qui s'y sont introduites et développées par une sorte d'accroissement artificiel, on d'autres termes, les éléments spéculatifs. Il en est ainsi des caractères dont les Indiens ont donné une explication mystique : la cause, les œuvres, la délivrance, l'affranchissement, l'éloge des dieux, sujets vraiment nouveaux, qui seraient énoncés, en langage européen, sous les noms de métaphysique, de théologie et de morale. Puisqu'il est de fait que les Pourânas jusqu'ici analysés appartiennent la plupart à cette seconde classe par leurs signes distinctifs, il devient clair que le cadre des légendes pouraniques est demeuré comme un champ immense ouvert à toutes les fantaisies de l'imagination poétique et à toutes les hallucinations de la ferveur religieuse. Qu'on les envisage sous toutes ces faces, on conviendra sans peine avec quelle merveilleuse profusion ils offrent des sujets d'étude et d'observation à l'esprit attentif des érudits.

La prophétie n'a-t-elle pas été un des procédés en quelque sorte familiers qui ont contribué notablement à la confection des Pourânas ? Il ne fallait pas grande habileté chez leurs auteurs pour tirer parti d'un genre de merveilleux qui avait déjà donné tant d'exten-

---

[1] V. le *Bhâgavata* (liv. II, chap. x, st. 1-7) et les autres textes que M. Burnouf a commentés ingénieusement pour définir les grands Pourânas (tome I, Préface, p. XLVI-L).

sion à la matière épique. Se fondant sur l'inspiration divine des œuvres qu'ils vont promulguer, ils mettent dans la bouche des personnages de la haute antiquité des prédictions fort claires sur la succession des rois de l'âge Kâli, sur les événements qui s'étaient accomplis après l'âge des héros témoins des Incarnations des dieux. En évoquant d'une manière fantasmagorique les noms d'anciens sages et prophètes, tels que Nârada et Mârkândéya, les Pouranistes rattachent les religions nouvelles aux origines mêmes du Brâhmanisme ; bien qu'en racontant l'histoire contemporaine dans toute sa nudité et tout son prosaïsme, ils donnent à leur récit les couleurs de la prophétie et le ramènent ainsi au ton général des livres inspirés. Il y a évidemment des documents historiques sur les dynasties indiennes à recueillir dans cette partie soi-disant inspirée des Pourânas, ainsi que dans d'autres plus anciennes. Mais rien ne doit manquer aux prédictions qui complètent un livre d'histoire révélée [1] : les grands Pourânas se terminent par un tableau du dépérissement de toutes choses et de leur destruction finale, c'est-à-dire de l'anéantissement de l'univers créé, terme de ses révolutions, ainsi que de la lutte des puissances divines. Plus la science religieuse se propageait par une diffusion naturelle sous forme de légendes, plus le poëte était tenu d'en justifier les titres par le don d'avenir, comme d'en reporter les sources aussi loin que possible dans un passé fabuleux.

Mais envisageons de plus près la composition des Pourânas, sans perdre de vue quel prétexte, ou si l'on veut, quelle raison de haute politique en a été l'origine : l'instruction du peuple dans les classes inférieures aux trois classes privilégiées. On se demandera sans doute comment ces poëmes ont renfermé des digressions si étendues, et surtout si savantes, puisqu'ils devaient devenir une lecture familière et attrayante pour tous les rangs de la société et pour les femmes elles-mêmes. Mais n'oublions pas que, licence une fois donnée aux poëtes de puiser aux sources les plus vénérées, ils ont bientôt innové largement, comme s'ils voulaient créer une littérature qui se suffît à elle-même ; leur tâche a été d'autant plus facile qu'ils avaient

---

[1] La collection des dix-huit Pourânas né renferme-t-elle pas un *Bhavichya Pourâna* ou légende de l'avenir, description de ce qui se passera dans les périodes futures ? C'est une œuvre qui a la prétention d'être prophétique, mais qui ne fait que répéter, sans aucun mérite particulier, plusieurs des sujets déjà traités dans les autres livres de la même classe.—Voir la Préface citée de Wilson, p. XXXIX-XL, p. XXVII-VIII.

eux-mêmes directement accès aux œuvres immenses que le vulgaire
ne lisait pas, et qu'ils trouvaient dans la foi enthousiaste des masses,
dans leur religiosité insatiable d'impressions, des motifs toujours
nouveaux de développements et d'amplifications.

Que les Pouranistes aient célébré des idées et des fictions étrangères à celles de la haute antiquité, c'est ce que montre une simple
comparaison de leurs poëmes avec les Védas ou avec les monuments
épiques des âges antérieurs. Mais, de fait, ils n'ont nié expressément
aucun des dogmes du Brâhmanisme ; ils n'en ont ni attaqué les institutions [1], ni aboli les rites séculaires [2] : c'est d'accord avec son
esprit qu'ils ont travaillé à élever l'édifice des religions nouvelles,
et à glorifier les pratiques et les pompes par lesquelles elles atti-
raient la multitude.

Les auteurs de Pourânas n'ont été le plus souvent que l'écho des
croyances et des opinions qui ont vu le jour pendant les siècles du
moyen âge. Interprètes du sentiment de foi et de dévotion qui a
concouru à former le Vichnouïsme, ils ont contribué à fixer et même
à agrandir le symbole de cette religion. Qu'avaient-ils à faire pour
satisfaire pleinement l'ardeur des sectateurs de Vichnou et du peuple
qu'ils entraînaient à leur suite? Donner un corps aux mythes sous
lesquels ils se figuraient l'apparition et les incarnations de leur Dieu ;
exalter les merveilles qu'il avait opérées de tout temps et dans tous
les mondes, sous forme des dieux grands et petits, adorés avant lui,
mais réputés désormais ses inférieurs. A ce compte, la mythologie
du Vichnouïsme grossissait à vue d'œil et au gré de la foule toujours
impatiente : le syncrétisme, dont les poëtes faisaient usage, reven-
diquait sans scrupule l'histoire tout entière du Brâhmanisme, et en
faisait gloire au puissant Bhagavat, à l'Esprit, se révélant après tous
les Dévas comme leur aïeul et leur maître, mais s'abaissant avec

---

[1] La caste sacerdotale n'a pas manqué d'attribuer à Vichnou lui-même une part
dans ses anciens triomphes. « Vingt et une fois, Bhagavat a purgé la terre de la
race des Kchattriyas, » oppresseurs des Brâhmanes. (*Bhâgavata*, liv. I, chap. III,
st. 20.)

[2] L'ascète, livré au culte de Bhagavat, chante encore dans le style des stances
védiques une invocation au Soleil, qui reproduit à peu près la *Savitrî*, dont la ré-
citation figure parmi les préceptes de Manou (liv. II, st. 77-78) : « Nous adorons
« la lumière bienfaisante et supérieure au ciel du divin Soleil qui a créé de sa pen-
« sée l'univers, et qui, l'ayant pénétré de son énergie, contemple l'âme indi-
« viduelle en proie au désir, et donne le mouvement à l'intelligence. (*Bhâgavata*,
liv. V, chap. VII, st. 13.)

3

amour jusqu'à l'homme sous la figure de Krichna, fils de Vasudéva et de Dévakî. Toutes les fois que Vichnou, incarné dans un corps d'homme ou d'animal, aura remporté une victoire, Brahmâ, Indra, Roudra, les dieux, les déesses, les génies célestes viendront s'incliner devant lui et l'adorer chacun à son tour, lui récitant une stance d'hommage [1].

Le panthéisme qui, déjà, était en germe dans les cosmogonies des *Brâhmanas* védiques et dans les théogonies de l'épopée, avait pris dans ses développements successifs les caractères essentiels de l'idéalisme : il déborda de toutes parts dans les rhapsodies dès *Soûtas* portées à travers la Péninsule et sur toutes les côtes de l'Inde. Tout ce qu'il y avait de tendances spéculatives dans la vie intellectuelle des Aryas s'est manifesté surabondamment dans la constitution du Vichnouïsme comme religion mystique. Les Pourânas nous apprennent à quel point ce travail s'est naturellement accompli, comment il s'est insinué dans l'esprit des peuples, sans cependant détruire dans les classes ouvrières de la société indienne tout sentiment d'activité pratique, et quelle part y ont prise les poëtes légendaires qui en ont trouvé la plus vive expression. La philosophie elle-même est venue en aide à ces poëtes, puisqu'ils ont fait tourner à la louange de leur Dieu ce qu'il y avait dans ses principaux systèmes de conceptions ou d'images favorables à leur dogmatisme panthéistique ; ce que le *Védânta* avait affirmé de l'Esprit, ce que le *Sânkhya* avait dit de l'Ame universelle, ils l'ont dit à leur tour de Bhagavat, et ils n'ont pas même redouté les longueurs, les hors-d'œuvre, les dissertations, afin de lui faire gloire des qualifications abstraites qui contrastent avec le langage exalté de leurs invocations et de leurs hymnes.

C'est, sans contredit, un des traits les plus frappants qui ressortent de l'histoire critique des Pourânas, que ce mélange de folle superstition et de profond mysticisme, qui se rencontre dans la plupart des chapitres d'un même poëme. Il est infiniment curieux de retrouver, dans des stances toutes chargées d'allusions mythologiques, la langue philosophique de l'école Sânkhya, les termes d'esprit, de nature, de personnalité, de molécules élémentaires, par lesquels elle a défini les principes des choses, et cependant c'étaient les *Sânkhyas*

---

[1] Voir par exemple le *Bhâgavata*, liv. VII, chap. VIII, st. 34 et suiv.

qui avaient tenté un premier effort pour s'affranchir de l'autorité de
la révélation ; mais Kapila, leur chef, n'était-il pas lui-même une
incarnation de Vichnou, révélateur d'une doctrine « où se trouve
démontré l'ensemble des principes [1] ? » On ne nous jugera point coupable de digression oiseuse, si nous relevons présentement quelques-uns des traits qui mettent à nu la portée métaphysique du
Vichnouïsme ; car, en considérant les procédés éclectiques des chantres de cette religion, nous avons l'espoir de donner une assez juste
idée de l'engouement passionné que leurs œuvres ont excité parmi
les masses dont elles flattaient les penchants sensuels en même
temps que les instincts religieux. On découvrira, dans son véritable
jour, l'alliance du sensualisme et de l'idéalisme qui a été dans l'Inde
une réalité ; à ce sujet, nous ne craignons pas d'affirmer que qui-
conque parcourra une œuvre telle que le *Bhâgavata* sera frappé de
l'atroce cruauté qui s'exhale des passages où la bonté de Vichnou
semble glorifiée avec le plus d'effusion : que de fois la mollesse des
mœurs indiennes s'est alliée à une froide férocité justifiée par la
sainteté du but ! Partout où il a dominé, le paganisme a mêlé la terreur à la volupté.

Le panthéisme indien se traduit fidèlement dans les Pourânas :
quoique sorti des écoles des contemplatifs, il s'y montre dans toute
la rigueur de ses conclusions et dans toute l'ardeur des extravagances dont il ait jamais été capable. Vichnou s'identifie à tous les
Dévas que les Hindous ont jadis invoqués, et à tous les personnages
divins de la mythologie indienne ; il déclare qu'il est un avec toutes
choses, et que Çiva est le même que lui ; il ne diffère ni de Brahmâ,
créateur des mondes, ni de Brahm, principe suprême, source de
toute vie spirituelle et de tout développement cosmique. Si deux
hypostases de la triade indienne sont déclarées identiques à Vichnou,
la triade est par là même détruite [2].

C'est un fait presque continuel dans la rédaction des Pourânas,
que la confusion des légendes de Vichnou avec l'histoire légendaire

---

[1] *Bhâgavata*, liv. I, chap. iii, st. 10. L'exposition même de la doctrine est un des
objets avoués du IIIᵉ livre de ce Pourâna, et le mythe de Kapila y occupe tout un
chapitre, le xxxiiiᵉ et dernier.

[2] V. la Préface de Wilson, au *Vishnu Pourâna*, p. LX, et l'analyse du *Brâhma*
et du *Padma*, au tome V du *Journal de la Société asiatique de Londres*, p. 68,
281, 310.

et mythique de Brahmâ ou de Çiva. Bhagavat, c'est « l'être tout-
puissant duquel dérive la création, et qui a tiré de son intelligence
le Véda lui-même. » Bhagavat a raconté à Brahmâ sa propre légende,
qui a passé par la bouche de Nârada jusqu'à Vyâsa ; c'est encore lui
qui a donné à Brahmâ le pouvoir de créer, et que Brahmâ glorifie
dans un hymne solennel auquel l'Esprit répond [1]. Nous ne nous per-
mettrons de citer que deux stances de ce grand hymne :

« Adoration à Bhagavat, à toi qui es le directeur du sacrifice, à
toi devant qui je tremble moi-même, pendant qu'assis pour toute la
durée de mon existence, sur ce siége révéré de tous les mondes, je
me livre à des austérités accompagnées de nombreux sacrifices, dans
le désir de m'élever jusqu'à toi !

« Adoration à Bhagavat, au plus excellent des Esprits, qui, s'é-
tant, par un acte de son propre désir, enfermé dans divers corps
pour protéger les lois qu'il avait créées, s'est plu, quoique indifférent
à toute jouissance, à résider au sein de formes d'animaux, d'hommes
et de dieux où habite l'âme individuelle ! »

Le narrateur moderne, en s'appropriant les récits qui avaient
cours de temps immémorial en l'honneur de Brahmâ, ne prend pas
même la précaution de substituer le nom de Bhagavat au sien ; il
suppose que les Vichnouïtes entendront de leur Dieu tout ce qu'il
rapportera de l'Esprit ou *Pouroucha* du *Védânta*, du *Brahmâ* de la
même école et de l'*Hiranyagarbha* des Oupanischads. Il lui suffira de
dire que tout était pure apparence dans la puissance de Brahmâ,
tandis que la nature de Vichnou seule est vraiment éternelle. La
divinité de Bhagavat est latente dans celle de tous les êtres que les
hommes ont jamais honorés d'un culte : l'Être suprême est un dans
ses incarnations, malgré la diversité des vêtements dont il s'enveloppe [2]. Sa Providence s'est étendue à tous les âges du monde ; à
chacun des règnes des sept Manous correspondent des apparitions
de Bhagavat sous un nom particulier et avec un rôle spécial ; car
c'est toujours lui qui les inspire, les anime, les soutient, les
conseille [3]. L'incarnation de Vichnou en poisson est placée sous le
règne du sixième Manou ; mais elle fait intervenir Satyavrata, pieux

---

[1] *Bhâgavata,* liv. III, chap. IX ; *ibid*, st. 18-19.

[2] Voir les premiers chapitres du livre II du *Bhâgavata.* Description de Mahà-
pouroucha.

[3] *Bhâgavata,* liv. VIII, chap. I, chap. V-II.

roi qui sera le Manou de l'âge suivant. Dans le *Bhâgavata*, ce n'est plus Brahmâ comme dans l'épopée, mais Vichnou qui opère le salut des hommes en guidant le vaisseau de Manou sur les eaux du déluge sous forme de poisson [1]. C'est assez dire que l'omniprésence de Bhagavat, dans le temps et dans l'espace, est devenue un dogme de sa religion : la dévotion du fidèle à Vichnou le lui fait apercevoir présent partout.

Rien de plus étrange que la méthode suivant laquelle les Pouranistes échangent continuellement les histoires sacrées de Çiva contre celles de Vichnou. Çiva s'efface tout à coup et fait place à Bhagavat : il est lui-même mis en scène par les poëtes pour faire humblement hommage à celui-ci de tout ce qu'il a été et de tout ce qu'il est [2]. D'autres fois, c'est Vichnou que l'on sacrifie à son rival : les Çivaïtes s'emparent de même de toutes ses actions merveilleuses pour les appliquer à leur Dieu, le Seigneur (*îçvara*), le souverain Seigneur (*mahéçvara*) ; c'est ainsi que dans le *Linga Pourâna*, Brahmâ et Vichnou, tout à coup éclairés, confessent la suprématie de Çiva et se mettent eux-mêmes à chanter ses louanges [3]. Puis n'est-il pas des Pourânas où se succèdent et se mêlent des légendes, les unes vichnouïtes, les autres çivaïtes, comme si les auteurs n'avaient éprouvé aucune crainte d'être en contradiction avec le titre et le thème primitif de leur poëme ?

Cependant, il faut le dire, la partie n'a jamais été égale ; les Vichnouïtes ont mis tant de zèle à exalter leur culte qu'ils ont imaginé et accrédité les plus bizarres suppositions tendant à ravaler celui des autres sectes. Du reste, ils n'ont rien négligé pour donner toute splendeur à leurs fêtes, pour assurer la célébrité à leurs temples et la vogue aux lieux de pèlerinage et d'ablution qu'ils avaient établis ; en réalité, ils l'ont emporté par le nombre de leurs partisans. Mais voyons que de ressorts ils ont fait jouer à la fois en fait d'inventions et de subtilités dogmatiques.

Tantôt les Vichnouïtes ont loué Çiva en concurrence avec Bha-

---

[1] V. la Préface de M. Burnouf, au tome III du *Bhâgavata*, p. XXIII et suiv., et notre Mémoire sur l'*Origine de la tradition indienne du déluge* (Paris, 1849), p. 18 et suiv.

[2] Dans le *Bhâgavata* (liv. VII, ch. x), c'est Vichnou qui a l'honneur d'avoir détruit les villes aériennes des Asouras, tandis que le *Mahâbhârata* le laisse tout entier à Çiva. (V. la Préface du tome III, p. VIII-XI.)

[3] V. la Préface citée de Wilson, p. XLVI-III.

gavat ; tantôt ils ont rapporté à Çiva le désordre qui domine dans le monde inférieur. Parmi les trois qualités qui marquent toutes ces œuvres, la bonté (*sattva*) appartient au seul Vichnou ; l'ignorance ou l'obscurité (*tamas*), dépend surtout de Çiva ; de même que la passion (*radjas*), de Brahmâ. Il n'est pas jusqu'à la vanité des poëtes qui n'ait trouvé son compte dans ces accommodements intéressés avec le monde divin : selon les bardes vichnouïtes, ce ne peut être que Çiva qui inspire les auteurs des ouvrages où domine l'obscurité [1]. Mais qu'on ne croie pas que la théologie des Pouranistes soit jamais en défaut pour justifier jusqu'à l'imperfection, jusqu'à l'iniquité dont une nature céleste peut être coupable. S'ils mettent dans la bouche de Çiva l'aveu de ses crimes, celui-ci s'excuse en les rejetant sur la *Mâyâ*, puissance magique et fantastique de Vichnou.

Bhagavat qui est pur, qui est sans formes, mais qui prend toutes les formes, ne dédaigne aucune fascination quand il veut manifester l'activité incessante de sa puissance et de son intelligence [2]. Comme le dieu des Védantins de l'Inde et de quelques philosophes grecs, Vichnou se joue des êtres créés ; il leur envoie des illusions pour ôter à ses vrais adorateurs toute foi à la réalité des phénomènes, à l'existence des choses, esprits et corps, en dehors de lui, centre primordial où rentre et s'absorbe tout ce qui a apparence d'exister. Le Seigneur, qui, toujours immuable, crée, conserve et détruit l'univers par un acte de sa volonté, se fait un jouet du monde mobile et immobile. De même, le sage ne s'attache à rien : ceux qui en ce monde connaissent ce qui est éternel et ce qui ne l'est pas, ne pleurent pas plus l'un que l'autre ; quant à ceux qui pleurent, c'est qu'ils ne peuvent vaincre la nature [3]. L'homme « est comme un ignorant qui assiste à une représentation dramatique [4] ; » tout ce que donnent les sens est aussi peu réel que les désirs conçus en songe.

Que les auteurs des Pourânas se soient faits les champions d'un

---

[1] Wilson, *Ibid*, p. XII-XIII. — La distinction des trois qualités-principes a été appliquée par les sectaires au classement des Pourânas.

[2] Ne voit-on pas dans le *Bhâgavata* (liv. VIII, chap. xii) Vichnou se déguiser en femme à l'effet de séduire Çiva, qui reconnaît et confesse sa puissance ? — V. le t. III, Préface, p. XVIII.

[3] *Bhâgavata*, liv. VII, chap. ii, st. 39, 48-49. Voir (*Ibid.* st. 50-57) un bel apologue à l'appui de ces aphorismes sur la vanité des larmes humaines.

[4] *Bhâgavata*, liv. I, chap. iii, st. 37 ; liv. II, chap. ix, st. 1-2 ; liv. VI, ch. xv, st. 6.

idéalisme négatif comme celui qui se répète indéfiniment dans leurs thèses, on ne leur reprochera pas du moins d'avoir reculé devant les conséquences de leurs doctrines : aucun effort n'a coûté à leur imagination pour rendre sensibles les vicissitudes auxquelles leur Dieu se soumet alors qu'il crée ou qu'il détruit. Qu'on ne s'attende pas à trouver ici de ces métamorphoses gracieuses ou plaisantes, comme celles qu'Ovide a décrites avec tant d'esprit, avec tant de souplesse d'imagination, quand il faisait à vue d'œil passer les corps à des formes toujours incroyables :

In non credendos corpora versa modos.

Ovide ne croyait plus aux Dieux qui agissaient dans les fables grecques que lui livrait tout ébauchées la littérature d'Alexandrie ; il savait bien que son public romain n'y croyait pas non plus ; mais les fictions elles-mêmes, il les produisait comme moyens d'amusement, et, plein de confiance dans son talent, il ne voulait obtenir pour elles qu'un succès de goût et de gaieté.

Les poëtes indiens sont sous le poids d'une toute autre préoccupation ; ils croient au Dieu dont ils glorifient les métamorphoses ; ils se fient à la crédulité et à l'enthousiasme des masses auxquelles ils s'adressent. Placés qu'ils sont dans ces conditions si différentes de celles où vivait le poëte latin, inspirés par les phénomènes d'un climat plus ardent, ils se sont ingéniés à mettre en action, toujours dans une même pensée, tous les prodiges dont le vulgaire cherchait la raison surnaturelle, à personnifier toutes les notions morales qui pouvaient entrer dans un système d'allégories divines. S'emparant des diverses incarnations attribuées à Vichnou, les Pouranistes se sont plu à décrire les *métensomatoses* panthéistiques qui offraient si bien matière à la fiction et au développement du merveilleux : ils n'ont reculé devant aucune transformation d'un corps à un autre, fût-elle la plus bizarre et la plus monstrueuse.

Bhagavat vit dans tout et fait tout rentrer dans sa nature inaltérable : le bien et le mal ne sont plus que des accidents passagers. Des êtres sont-ils déchus de leur rang originel pour quelque odieuse transgression, et, passant ensuite par plusieurs vies, se sont-ils souillés par de nouveaux crimes, ils n'en sont pas moins réunis finalement à la divine essence de Bhagavat. On en trouve un éclatant exemple au VIIe livre (chap. 1er) du *Bhâgavata*, dans l'histoire de deux personnages qui, maudits par les fils de Brahmâ, sont devenus deux géants fameux, Hirànyakcha et Hiranyakaçipou : à cause de leurs excès, ils furent tués un jour par Bhagavat, déguisé d'abord en sanglier, puis en lion ; mais ils sont nés de nouveau sous la forme d'autres géants, que le même dieu a tués dans ses autres incarnations en Râma et en Krichna. Malgré leur nature mauvaise qui les a fait conspirer avec les ennemis des Dévas, et qui les a mis en lutte avec Bhagavat dans plusieurs existences, les deux Asouras finissent par se réunir à lui, par s'identifier même avec lui.

Il n'est pas indifférent à notre but de considérer, dans le même livre [1], l'histoire de Prahrâda, fils de Hiranyakaçipou. Condamné à d'affreux supplices par son père, en raison de l'affection naturelle qu'il ressentait pour Vichnou, il eut enfin le bonheur de s'unir à Bhagavat : au point de vue de la doctrine, rien de plus significatif que les supplications de Prahrâda demandant grâce à Bhagavat, malgré l'indignité de sa race, et pardon pour son père [2]. Quant à l'Asoura, cruel et impie, malgré les austérités qu'il pratiqua pour se rendre invincible, il fut déchiré par les griffes de Nrisinha, c'est-à-dire de Vichnou transfiguré en homme-lion ; mais il a été purifié du moment où son divin ennemi lui eut lancé un regard, et il est allé dans le monde de Bhagavat, parce qu'il a eu un fils vertueux.

Ce serait d'ailleurs une erreur de croire, après avoir lu de telles légendes, que Bhagavat puisse jamais se montrer partial et passionné. Exempt de qualités et supérieur par son essence à la Nature, il ne prend le rôle de meurtrier des coupables que par suite de son union avec un des attributs illusoires de sa *Mâyâ* [3] : car il est le Dieu essentiellement impartial, aux yeux de qui tous les êtres sont égaux, et devant lequel les bons et les méchants ne sont pas plus les uns que les autres. A ce sujet, pouvons-nous mieux faire que de citer textuellement la définition que Bhagavat donne de lui-même à Brahmâ dans quatre stances du *Bhâgavata* qui seraient, suivant la critique indigène, le germe et comme le principe divin de l'œuvre théosophique [4] :

---

[1] *Bhâgavata*, liv. VII, chap. ii-ix, chap. x, st. 34-37. Comparez le récit de la même histoire dans deux autres Pourânas, le *Vichnou* et le *Padma*, l'un traduit, l'autre analysé par M. Wilson.

[2] *Bhâgavata, ibid.*, chap. viii-ix, chap. x, st. 14-16, st. 21.

[3] *Bhâgavata*, liv. VII, chap. i, st. 6. V. la Préface du t. III, p. II et suiv.

[4] Liv. II, chap. ix, st. 32-36. Nous y joignons la st. 31, préambule du discours. V. tome I, Préface, p. CLIII.

« Apprends qui je suis, quelle est ma nature, quels sont ma forme, mes qualités, mes actes, et obtiens ainsi par ma faveur l'intuition claire de mon essence.

« J'étais, oui, j'étais seul avant la création, et il n'existait rien autre chose que moi, ni ce qui est, ni ce qui n'est pas (pour nos organes), ni le principe élémentaire de cette double existence ; depuis la création, je suis cet univers ; et celui qui doit subsister quand rien n'existera plus, c'est moi.

« Ce qui passe sans raison pour être dans l'Esprit, comme ce qui passe pour n'y être pas, c'est cela qui est la Mâyâ dont je m'enveloppe ; c'est comme la réflexion ou l'éclipse d'un corps lumineux.

« De même qu'après la création les grands éléments ont pénétré tout ensemble et n'ont pas pénétré les êtres supérieurs et inférieurs, de même je suis à la fois et je ne suis pas dans ces éléments.

« Aussi la seule chose que doive chercher à comprendre celui qui désire connaître la nature de l'Esprit, c'est le principe qui, uni aux choses et cependant distinct d'elles, existe partout ét toujours.

« Ainsi, fais de cette vérité l'objet d'une méditation profonde, et l'œuvre de créer des êtres divers dans chaque Kalpa n'aura plus rien qui puisse te troubler ! »

Quelle meilleure définition du Dieu du panthéisme que celle que les Pouranistes ont placée dans la bouche de Bhagavat lui-même ? Vichnou, c'est le seul être : il est en tout, quoique distinct de tout. C'est lui qui est le premier des êtres, qui se crée, qui se détruit ; tout ce qui est bon et beau, c'est son essence : il réside continuellement dans tous les êtres dont il est l'âme[1]. « L'Esprit est éternel, impérissable, pur, un, immuable, voyant par lui-même, cause, occupant tout, indépendant, illimité ; il est l'âme individuelle, et il renferme toutes choses[2] : » l'homme qui aura reconnu ces douze caractères supérieurs de l'Esprit, rejettera la fausse opinion, née de l'erreur, qui fait dire moi et le mien, en parlant du corps et des autres objets.

Vichnou est par conséquent le Dieu-Tout qui assemble et concilie en lui tous les contrastes ; il efface le fruit des œuvres ; il ne distingue pas les Asouras des Dévas ; il n'est ni leur ami, ni leur ennemi ;

---

[1] *Bhâgavata,* liv. II, chap. vi, st. 38-39, st. 44 ; liv. III, chap. xix, st. 21, st. 27 et suiv.

[2] *Bhâgavata,* liv. VII, chap. vii, st. 19-20.

il appelle à lui les uns et les autres indistinctement. A chacune des époques où dominèrent la bonté, l'obscurité, la passion, ces qualités de la nature et non de l'esprit, Vichnou les a revêtues tour à tour[1]. Bien plus, Bhagavat aime à s'incarner dans un être mauvais pour égarer et pour perdre les ennemis des dieux : à ce compte, Bouddha lui-même ne serait qu'une forme illusoire de Vichnou, entraînant à leur perte ceux qui n'ont pas foi dans l'Esprit suprême, et il en serait de même de plusieurs novateurs, hérétiques et rationalistes par rapport au culte des dieux du brâhmanisme[2]. Rien ne peut résister à Bhagavat ; il attire à lui invinciblement ceux qui le repoussent ; de là tant de mobiles différents et opposés dans l'histoire des personnes qui se sont identifiées avec lui, pour les unes la crainte et même la haine, pour les autres l'affection, la dévotion et l'amour[3]. Bhagavat n'est point un dieu jaloux : étranger au sentiment de personnalité par sa perfection absolue, l'Être suprême ne connaît pas l'inimitié, et, à vrai dire, le sentiment de la haine unit à lui aussi sûrement que la ferveur de la dévotion.

Qui ne voit à l'instant tout ce qu'il y a d'immoral dans de pareils dogmes, et à quelle conséquence ils ont inévitablement conduit ? La doctrine du *Yoga* en a été le corollaire. Vraisemblablement, le mysticisme indien est parti d'une notion vraie de métaphysique religieuse sur l'union des intelligences finies avec la souveraine Intelligence ; mais, à force d'exagérations, cette notion est devenue la doctrine de l'unification adéquate et finale des êtres avec le divin Bhagavat : suivant le *Yoga*, dont quelques Pourânas, par exemple le *Padma*, donnent la théorie, mais dont tous déroulent dans l'histoire les fatales applications, la foi à Vichnou ne remplace-t-elle pas toutes les œuvres et ne lave-t-elle pas de tous les crimes ? On va juger, par quelques traits, de l'esprit de la doctrine.

Le premier devoir du contemplatif est de se dégager des liens de l'action ; la méditation qui prend Bhagavat pour objet est comme un

---

[1] *Bhâgavata*, liv. VII, chap. i, st. 8-10. « Pénétrant au sein des qualités manifestées par le *mâyâ*, comme s'il avait des qualités lui-même, l'Être apparaît au dehors, poussé par l'énergie de sa pensée. » *Ibid*, liv. I, chap. ii, st. 31; liv. II, chap. v, st. 18.

[2] *Vishnu Purâna*. liv. III, chap. xviii, p. 338 et suiv. de la traduction de M. Wilson. Cf. *Bhâgavata*, liv. I, chap. iii, st. 24.

[3] *Bhâgavata*, liv. VII, chap. i, st. 24-26, st. 30; *Ibid*, chap. x, st. 38-39.

glaive tranchant ces liens [1] : « Détruisez la racine des œuvres, fruit des trois qualités ; c'est la pratique du Yoga qui arrête le courant dans lequel est entraînée l'intelligence..... Honorez, en vous livrant à l'inaction, l'esprit actif qui est Hari, le Seigneur, et duquel dépendent la fortune, le plaisir et le devoir ! » Il est des pratiques qui font naître dans l'âme la dévotion, d'où naît ensuite l'amour : puis, vient le délire de l'homme qui se voit en tout, qui se croit Hari lui-même, et ce délire aboutit à l'union totale avec l'Être. L'amour du serviteur envers Bhagavat doit être un amour désintéressé, de même que le dévouement du Dieu à son adorateur [2] ; l'ascète est tenu d'aimer Bhagavat sans partage : l'ancien Bharata, très-avancé en perfection, fut changé en gazelle pour avoir caressé et nourri avec trop de sollicitude un jeune faon qu'il avait retiré des eaux [3]. Le mouvement irrésistible du cœur vers l'Ame peut être comparé à celui du Gange vers la mer. Cependant Bhagavat condescend à la faiblesse de l'ascète ; il lui sourit ; il répond à celui qui l'interroge sur la voie du bien [4].

« C'est ce Dieu, le plus libéral de tous les êtres, qu'il faut, avec un cœur ferme et exclusivement attentif, se représenter, par la méditation, souriant avec des regards affectueux.

« Le cœur de celui qui contemple ainsi la forme bienheureuse de Bhagavat, parvient bien vite à l'inaction suprême dont rien ne peut plus le détacher. »

La dévotion envers Vichnou, bien qu'elle comporte neuf devoirs, se réduit à un seul précepte [5] : « Entendre et répéter le nom de « Vichnou, se le rappeler, servir ce Dieu, l'adorer, l'honorer, se « faire son esclave, l'aimer comme un ami, se confier à lui tout en- « tier. » La dévotion produit le détachement et une science qui ne discute pas : toutes les œuvres ne sont rien, ou elles ne sont qu'un vain déguisement à côté de la dévotion pure. Cependant le Vichnouïsme ne demandait pas à tous les hommes cette vie contemplative

---

[1] *Bhâgavata*, liv. VII, chap. vii, st. 28, st. 33 et suiv., st. 48; *Ibid*, liv. I, chap. ii, st. 15 et 21.

[2] « Celui qui te demande des grâces, dit Prahrâda à Vichnou, n'est pas un de tes serviteurs, c'est un marchand... » *Bhâgavata*, liv. VII, chap. x, st. 4-6.

[3] Voir le récit touchant de cette métamorphose. *Bhâgavata*, liv. V, chap. viii.

[4] *Bhâgavata*, liv. IV, chap. viii, st. 51-52; *Ibid*, liv. I, chap. viii, st. 44.

[5] *Bhâgavata*, liv. VII, chap. v, st. 23; *Ibid*, liv. I, chap. ii, st. 6-7; liv. VII, chap. vii, st. 51-52.

qui faisait prendre pour des réalités les rêves de l'idéalisme panthéistique : un petit nombre d'ascètes parvenait à cette inaction
parfaite qui en devait être la conséquence logique, et qu'on a com-
parée à l'immobilité complète des grands reptiles qui ont englouti
leur proie[1].

Les extravagances du *Yoguisme*, que nous rapportent les voyageurs, nous les trouvons décrites dans les Pourânas, et nous y
voyons leur institution attribuée au Dieu lui-même, en l'honneur de
qui elles ont été pratiquées : tel est l'exemple d'un ascète, du nom
de Richabha, qui n'est autre que Bhagavat lui-même s'incarnant dans
la personne d'un prince. Richabha met d'abord en œuvre les facultés
magiques du *Yoga;* puis, les dédaignant, il s'abstient de toute
action ; ensuite, de son corps qui n'a plus qu'une apparence de personnalité, il parcourt plusieurs pays, et enfin il se laisse consumer
dans une forêt embrasée. Ainsi Vichnou a-t-il enseigné aux hommes
la délivrance de leurs passions[2].

On est fondé à croire que le sacerdoce des Vichnouïtes a fait deux
parts : celle de la contemplation pour les hommes parfaits, celle des
pratiques et des actes extérieurs pour l'immense majorité des
croyants. A la doctrine du *Yoga,* qui ne pouvait pas être saisie
par tous dans ses profondeurs, a répondu un culte matériel fait pour
attirer la foule. Les auteurs des Pourânas en ont été les artistes ; car
leurs descriptions du corps de Bhagavat sont devenues naturellement le modèle de ses idoles sculptées et chargées d'ornements et
de pierreries. Au même dogmatisme qui anéantissait de fait la loi
morale, se sont rattachées de nombreuses pratiques concourant à
assurer le salut sans effort, sans travail et même sans vertu : tels
sont les bains, telles sont les ablutions dans certains mois de l'année,
et à certaines époques de pèlerinage, dans quelques *tîrthas* privilégiés, étangs sacrés dont les eaux purifient les âmes comme les
corps par leur seul contact ; autant de moyens infaillibles d'acqué-
rir une sainteté qui soustrait l'homme aux suites de ses actions et le
rend égal au Dieu suprême. Les devoirs les plus sacrés ne sont rien
auprès de telles pratiques : qu'un père tue son fils plutôt que de
manquer à un jeûne de Vichnou[3]. De deux frères qui avaient mené

---

[1] *Bhâgavata,* liv. VII, chap. xiii. Devoirs de l'ascète.
[2] *Ibid,* liv. V, chap. iv-vi.
[3] Wilson, d'après le *Nârada Pourâna,* Préface citée, p. XXXIII.

une vie désordonnée, l'un est condamné à l'enfer, l'autre est ravi au ciel, à sa grande surprise ; c'est que celui-ci s'était baigné dans les eaux de la Djoumnah pendant le mois consacré de Mâgha [1] ! La morale sociale ne résiste pas à de telles aberrations, quand elles ont pour fondement le fanatisme et la superstition : théorie bien étrange en effet ! peu importe avec quels sentiments on songe au Dieu de la secte, pourvu qu'on y songe [2] : « Car ce Dieu a la même récompense pour l'impie qui le poursuit de ses fureurs et pour le dévôt qui s'efforce de s'unir à lui dans l'extase de l'amour contemplatif. » Au moment de quitter la vie, « les hommes privés d'espoir n'ont qu'à prononcer les noms de l'Être incréé, les noms qui désignent les incarnations, les qualités, les actions sous lesquelles il se cache, pour aller aussitôt, affranchis des souillures de nombreuses naissances, voir la Vérité à découvert [3]. »

Il ne faut donc pas chercher fort longtemps les causes de la prodigieuse popularité du Vichnouïsme ; on aperçoit bientôt à quel point il flattait tous les instincts, toutes les inclinations des peuples de l'Inde. Par ses mythes et par ses peintures, il est à l'unisson avec les mœurs de ce pays qui s'étaient dépravées en raison de la violence du climat, en dépit des prescriptions morales des *Çâstras* ou des codes sacrés. Par la doctrine du *Yoga*, il ouvre les sources d'une dévotion facile, mais aveugle, mais ardente, faite pour émouvoir et passionner. Par l'efficacité de ses rites ou cérémonies, il assure le rachat facile ou plutôt l'impunité de tous les crimes, et produit jusque dans la conscience la confusion du bien et du mal. Par la négation du mien et du tien, il commande aux croyants l'indifférence et l'insensibilité envers leurs semblables. Enfin, et c'est le trait qui montre l'influence sociale du Vichnouïsme, par la promesse d'un salut acquis à l'aide de quelques pratiques, il rompt la barrière qui a toujours séparé les Aryas de l'Inde en deux immenses classes : les privilégiés et les déchus ; il fait appel à tous les hommes, il les unit dans la foi à Vichnou qui bénit les *Tchândalas* honnis de tous aussi bien que les hommes de caste pure ou de caste mêlée. Bien plus, les

---

[1] Analyse du *Padma,* au tome V du *Journal de la Société asiatique de Londres,* p. 298.

[2] V. Burnouf, Préface du tome III, p. IV et suiv.

[3] *Bhâgavata,* liv. III, chap. ix, st. 15; *Ibid,* liv. I, chap. i, st. 14 ; liv. VI, chap. ii, st. 13-15, 45, 49.

oiseaux, les animaux eux-mêmes sont appelés par les chantres des Pourânas à se réunir à la nature de Bhagavat, comme les génies et les hommes[1]. Cette universalité du salut promise par le Vichnouïsme n'était-elle pas la plus forte des armes que l'on pût employer contre les Bouddhistes, les Djaïnas et les dissidents de toute origine pour défendre avec le système indien les intérêts des races sacerdotales? Aucune concession n'avait été faite à l'heure de la lutte ; mais plus tard l'égalité religieuse, sinon civile, fut donnée comme récompense d'une crédulité et d'une confiance exaltée aux prodiges du plus grand des dieux.

Telle est la foi plus large, plus expansive, plus facilement populaire qu'aucune autre, consacrée dans la plupart des Pourânas. Il lui fallait des livres qui lui donnassent l'importance littéraire qu'avaient pris de tout temps les symboles des religions indiennes : la rédaction des Pourânas la lui assura promptement. Non-seulement elle tint lieu aux Vichnouïtes de tout autre formulaire ; mais encore elle relia expressément leurs dogmes et leurs rites à la haute antiquité dont le prestige était une garantie presque indispensable du succès de telles œuvres. Une autre sanction qui ne lui a pas manqué, c'est la promesse d'avantages temporels et de bénédictions abondantes faite aux lecteurs et aux auditeurs des Pourânas ; aucune expression n'a paru trop forte pour rehausser la sainteté de ces livres et l'efficacité de leur étude[2].

Voyons maintenant quel a été le travail des poëtes dans la composition des Pourânas, sous quelle forme et dans quel langage ils ont réalisé le mélange de l'antique et du moderne en fait de croyances, de traditions et de pratiques.

Les noms individuels des poëtes rédacteurs des Pourânas ne sont pas encore acquis à l'érudition occidentale ; non-seulement, malgré leur mérite personnel, ils ont dû taire leur nom, à cause de l'inspiration divine que chacun d'eux attribuait à son œuvre, mais encore leur rôle de compilateurs d'anciens textes condamnait implicitement plusieurs d'entre eux à garder l'anonyme. On ne peut, à l'heure qu'il est, arracher à l'obscurité du hiératisme qu'un seul nom, celui

---

[1] *Bhâgavata*, liv. VII, chap. VII, st. 53-55 ; liv. III, chap. XIX, st. 35 ; *Ibid*, liv. VIII, chap. II et III. Hommage du roi des éléphants à Bhagavat.

[2] Voir le chap. II du Ier livre de *Bhâgavata*, et l'épilogue du même ouvrage analysé par Wilson. (*Vishnu*, p. XXVII.)

de Vopadéva, grammairien célèbre du XIIIe siècle, qui serait l'auteur du *Bhâgavata.* Maître de toutes les richesses de la langue par ses lectures, de toutes les traditions par sa prodigieuse mémoire, c'est un savant qui a pris la responsabilité d'un chantre sacré ; c'est un versificateur qui a seul assumé la charge de poëte[1] : on reconnaît dans l'œuvre même « une main unique qui a présidé à l'arrangement des diverses parties. » Le prodige n'est pas isolé sans doute dans l'histoire de la littérature orientale ; à part le contraste des idées, Vopadéva a, certes, quelque fraternité avec le Hariri des Arabes, l'auteur des fameuses Séances, qui a de même uni la subtilité du grammairien à la verve du poëte. Mais passons à l'art des poëtes indiens émules de Vopadéva.

Quand les Pouranistes ne dogmatisent pas, leur procédé ordinaire est l'amplification. Chaque sujet, si mince qu'il soit, devient une matière sur laquelle ils s'exercent avec la même ardeur ou avec la même patience. Aucune occasion n'est perdue par ces poëtes de piquer vivement l'attention ou d'enflammer l'imagination de leurs auditeurs. Fort souvent, bien qu'ils ne puissent laisser entrevoir leur personnalité, l'intention littéraire les préoccupe autant que le but religieux ; ils ne craignent pas de faire un appel indirect au goût éprouvé du public[2] :

« Le *Bhâgavata* est tombé sur la terre comme un fruit détaché de l'arbre fécond de la loi (le Véda), et dont le suc est l'Amrita (l'ambroisie) même. O vous tous dont le goût exercé sait reconnaître ce qu'on lui présente, savourez sans cesse ce divin breuvage au sein même de la libération ! »

Les auteurs des Pourânas devaient soutenir à quelque hauteur une tradition d'art déjà séculaire, eu égard à la longue culture de la langue dont ils se servaient ; ils avaient sous les yeux des modèles dont ils avaient intérêt à reproduire les grands traits et à calquer l'idiome poétique ; mais en même temps, ils se piquaient de satisfaire à la prédilection qui va toujours croissant dans l'âge avancé des civilisations, pour les pompes et pour les hardiesses du style. Ampli-

---

[1] V. la préface de M. Burnouf, au tome Ier du *Bhâgavata*, p. IV, p. LVIII et suiv., p. XCVI-CIII.

[2] *Bhâgavata*, liv. I, chap. I, st. 3 ; *Ibid*, st. 19 : « Les hommes de goût qui l'entendent trouvent à chaque instant le récit de plus en plus délicieux. » V. liv. I, ch. XVIII, st. 14.

fier les éléments anciens de leur composition, en développer avec complaisance les éléments nouveaux, telle devait être leur marche perpétuelle, marche toujours un peu confuse, puisqu'ils prenaient de tous côtés et n'avaient pas à rendre compte du parti qu'ils tiraient de leurs matériaux.

Le *Bhâgavata* nous fournira le meilleur exemple de la latitude laissée aux poëtes dans leur travail de rédaction versifiée. L'exorde didactique de ce Pourâna, ou plutôt la suite de ses exordes, est poussé jusqu'au viiie chapitre du IIIe livre ; il se compose de dialogues sur la transmission des récits sacrés d'une génération à une autre [1]. Le lecteur sort avec peine des préfaces et des introductions réunies avec aussi peu d'art que de méthode ; donne-t-il son attention aux changements de personnages, il rencontre des répétitions d'idées que ces changements entraînent par un vice radical de composition que rien ne peut excuser ; d'autres fois, il s'aperçoit que l'auteur n'a pas toujours concilié les divergences des légendes qu'il a réunies. La synthèse est vaste, mais confuse ; comme l'a dit M. Burnouf, la cause en est l'excès de la fécondité, qui est la principale qualité du génie brâhmanique [2]. Mais quelle est la forme du livre, quand le poëte entre enfin dans l'exposé même qui est son objet et son but ? Celle de dialogues, intercalés dans un dialogue continu, ou de récits insérés dans un récit général. Au milieu des dialogues et des récits prennent place tout à coup la prière et la méditation : tantôt ce sont des cantiques d'adoration, des hymnes descriptifs, séries de définitions mystiques et d'épithètes qui énumèrent autant d'attributs ; tantôt ce sont des digressions philosophiques [3], des fragments moraux où les idées sont plus condensées que dans les parties didactiques du *Mahâbhârata*. Enfin le récit s'arrête alors que le poëte, après avoir déroulé l'histoire de Krichná jusque dans ses moindres circonstances, a esquissé l'histoire des royaumes de l'Inde en y comprenant la destruction totale des mondes.

[1] On supposerait, en conséquence, qu'il aurait existé un *Bhâgavata* primitif auquel on a plus tard ajouté une introduction si volumineuse.

[2] Préface du tome Ier du *Bhâgavata*, p. CXLII et suiv., p. CLV et suiv.

[3] Voir, par exemple, au liv. VII, chap. xii et suiv., du *Bhâgavata*, l'exposé des devoirs des ordres ainsi que des bonnes pratiques, et au livre V (chap. xvi-xxvi) du même ouvrage, une cosmologie poétique des Pourânas dont la prose n'est pas plus claire que la diction mesurée des autres parties. (V. la préface du tome II, p. XII.)

De ces données générales sur la composition des Pourânas, venons-
en aux procédés des poëtes qui en ont été les auteurs ou les compilateurs. La description, c'est la recette suivant laquelle les Pouranistes étendent, à chaque pas, la lettre des histoires et des aventures
auxquelles ils portent la main tour à tour. S'agit-il d'un sacrifice; le
poëte ne peut s'empêcher de le décrire comme il a déjà été cent fois
décrit dans d'autres sources, et quelquefois comme il l'a été dans le
même Pourâna. C'est le sacrifice, dit *Açvamédha,* ou immolation so-
lennelle du cheval, qui offre le plus souvent le sujet d'une description devenue banale; vulgaire même, si on ne la considère pas sous
son côté instructif ou édifiant pour les Indiens. Comme plus d'une fois
la scène des légendes antiques a été déplacée, l'auteur prend occasion de décrire les lieux nouveaux où il la transporte : ainsi voit-on
une rivière secondaire de l'Inde centrale au sud des monts Vindhya,
la *Narmâda,* chantée à l'égal du Gange, et préférée même au grand
fleuve pour sa sainteté ; de même le Dravida, pays des Tamouls, ou
quelque autre district du Décan, est substitué à des contrées septen-
trionales, théâtre des faits héroïques, et quelque partie de la chaîne
des Ghates aux montagnes de l'Himâlaya ou des régions voisines.
Aux premières descriptions, qu'une seconde main s'est refusé à retrancher, sont venues s'ajouter d'autres peintures au gré des poëtes
et des époques. Que de fois ces accroissements d'un Pourâna sont
restés inconnus loin des lieux de leur composition! Écrits dans le
midi de l'Inde, ont-ils jamais été joints au texte du même livre conservé dans les contrées du nord? Il va de soi qu'il n'y avait pas de
limite aux accroissements qu'un ouvrage pouvait recevoir partielle-
ment et à diverses reprises, et qu'on ne connaissait pas non plus de
borne aux retranchements qu'ils subissaient d'un pays à un autre.
Que dirait-on de tant de traductions dans les idiomes modernes de
l'Inde, incessant mais dernier hommage à la renommée fabuleuse
des Pourânas ?

Quant à la manière de peindre et d'écrire, les Pouranistes étaient
mis en demeure de sacrifier au goût de leurs contemporains : aussi
ont-ils parlé aux yeux et aux oreilles plus vivement que ne l'avait fait
jusqu'alors la poésie indienne dans ses tableaux fortement colorés.
On comparerait bien, par exemple, avec les descriptions de l'épopée
sanscrite, une description analogue du *Bhâgavata*[1], l'épisode où les

---

[1] Liv. VIII, chap. VII, VIII et IX.

Dévas battent l'Océan comme dans une baratte de beurre pour en
extraire l'*Amrita* ou l'ambroisie, breuvage d'immortalité. Un récit de
quelque étendue ne peut se passer des divertissements qui étaient
entrés dans les mœurs indigènes : des chœurs de musiciens, des
groupes de danseurs s'improvisent dans les régions du *Vaïkountha*
ou paradis de Vichnou. Dans toute fête céleste ou terrestre, il faut
un cortége, il faut un ballet : le poëme se grossit de ces mêmes ac-
cessoires fort dangereux pour l'art même, que le goût des Allemands
a imposés de nos jours, quelquefois si lourdement, à l'opéra d'origine italienne, à une œuvre d'art qui se trouvait complète et se suffi-
sait à elle-même dans son exécution musicale.

Les bardes indiens s'abandonnent à toute leur effervescence
d'imagination méridionale, quand ils racontent la vie sensuelle de
Vichnou : les folles amours, les jeux folâtrés du jeune Dieu, sous le
nom de Krichna, de Govinda ou de Bâla Gopâla, les danses des
Gopis ou bergères indiennes, le rôle de Râdhâ, l'amante préférée,
dont la légende est très-moderne, l'apparition de Ramâ, comme
enchanteresse parmi les Dévas [1], offrent des exemples de cette passion de décrire, et de décrire à l'infini. Que ces jeux de la poésie
recouvrent des idées métaphysiques d'union entre la divinité et les
créatures, on n'en saurait douter, du moins s'il faut en croire les
commentateurs indigènes ; mais, toute réserve faite sur la question
mystique, il n'en est pas moins vrai que le langage des poëtes s'est
imprégné de toutes les mollesses du sensualisme indien, et que leur
rhétorique a été aussi loin dans la licence des figures que leur théosophie dans les rêves de l'idéalisme.

Le goût est satisfait, tant que les Pouranistes ne font qu'imiter la manière de Calidâsa et des poëtes qui ont rivalisé avec lui en élégance :
ainsi reconnaît-on la touche de cette école, quand ils en viennent à
rapporter l'histoire de Sacountalâ, d'après le drame bien connu, ou
celle de Râma, d'après le *Raghouvança* ou poëme sur la race de Ra-
ghou ; sans doute, ils n'atteignent pas à la délicatesse supérieure des
peintures de Calidâsa, mais ils en reproduisent dans leurs meilleurs
tableaux la richesse et le coloris. Il n'en est plus de même, quand le
rédacteur d'un Pourâna se prend à imiter ces auteurs de poésies descriptives qui ne font grâce d'aucun détail, qui surchargent leurs

---

[1] Voir l'apparition de cette *mâyâ* de Vichnou, au liv. VIII, chap. VIII et IX du
Bhâgavata.

récits d'images et de synonymes, jusqu'à épuiser le vocabulaire de la poétique indienne et les plus minces ressources de l'assonnance ou de l'allitération : les Pouranistes n'y font pas défaut.

Figurons-nous ces écrivains livrés à un véritable entraînement par la puissance même d'une langue poétique qui, comme le sanscrit, coule à flots pressés sous les lois d'une harmonieuse cadence. Ne pouvons-nous pas deviner ce qu'avait de violent et d'irrésistible une telle impulsion qui appelle la répétition des pensées par la sonorité des mots, la coupe des phrases, et le retour des mètres tant de fois consacrés ? N'avons-nous pas tous remarqué un fait absolument semblable dans l'inspiration des derniers poëtes de l'antiquité latine, inspiration qui se soutient encore par le rhythme et la mesure, alors que les œuvres en prose portent tous les signes d'une déplorable décadence ? A l'heure même où le paganisme se mourait, on composait encore dans les provinces de l'Occident des épopées, des poëmes historiques, des poëmes descriptifs, des panégyriques en vers ; on faisait rendre à la langue défaillante ses derniers accents. A part bien d'autres noms de poëtes, quels efforts n'a pas tentés Claudien pour ressusciter les fictions du paganisme ! Quelles illusions n'a-t-il pas réchauffées et embellies, quand il se vantait de donner au public romain un Enlèvement de Proserpine et une Gigantomachie plus de douze siècles après l'école d'Hésiode ! Joignez un instant les procédés et les raffinements poétiques d'Ausone aux compositions mythologiques de Claudien, et vous aurez sous les yeux, dans le monde latin, un travail littéraire tout à fait semblable à celui qu'ont accompli les Pouranistes de l'Inde. La raison publique se raidit alors contre ces essais de galvaniser la poésie antique avec ses enchantements déjà fanés ; mais, si le polythéisme grec et romain avait conservé dans l'Empire des autels et des fêtes où se serait ranimée la ferveur de l'idolâtrie, il eût créé dans l'Occident des épopées nouvelles, restauration de ses épopées mythologiques, comme les Pourânas l'ont été pour le polythéisme indien.

Il est, d'ailleurs, de singuliers contrastes dans le style et la langue des poëmes pouraniques : tantôt, c'est un calque fidèle des anciennes narrations, de la marche paisible et régulière des compositions épiques ; tantôt c'est le jeu miroitant des subtilités d'une rhétorique toute moderne ; tantôt, enfin, ce sont les artifices de sons et de figures, dernier prestige d'une littérature qui s'épuise. Il n'est pas moins instructif d'observer dans la rédaction des Pourânas une affectation fréquente à reprendre les styles fort anciens de la langue sanscrite; car, c'est bien le même penchant qui se manifeste, dans d'autres littératures, à des époques analogues où l'on ne crée plus, mais où l'on croit retremper la langue dans sa véritable source en ravivant des expressions et des tournures vieillies. Bien des passages des Pourânas renferment des termes védiques ou même des débris du Véda, conservés et enchassés dans leur texte avec l'intention de lui donner de cette façon un vernis d'antiquité ou un lustre de sainteté. Les archaïsmes, dont les Pourânas sont pleins, sont reproduits évidemment dans la même pensée que les archaïsmes qui sont si fréquents chez certains auteurs latins, Lucrèce, Salluste, Sénèque, par exemple; ici, ce sont des formules qui accusent une tardive et faible protestation du vieux sentiment romain en faveur des idées de vertu et de liberté; là, ce sont des retours de la conscience indienne à cette liturgie poétique du Naturalisme qui avait été le point de départ de toutes les conceptions religieuses de la société brâhmanique.

Il est surtout dans les Pourânas quelques hymnes et quelques morceaux descriptifs qui sont faits pour captiver fortement l'attention du lecteur européen, en raison de l'éclat ou même de l'étrangeté de leur style métaphorique; c'est ici, mieux qu'ailleurs, qu'il pourra se plaire à remarquer la profonde habileté et la fervente exaltation qui ont soutenu tour à tour les poëtes orientaux dans leur labeur. Parmi les passages qui s'adaptent le mieux aux prédispositions de notre public occidental, nous citerions quelques descriptions riches, mais vraies de la nature indienne, quelques peintures allégoriques où le sentiment moral se traduit avec force et noblesse [1], quelques scènes où se reflètent heureusement les affections de famille, enfin quelques traits où se fait jour une douce humanité échappant à la tyrannie de croyances mystiques et superstitieuses. Sans doute, les Pourânas ne manquent pas de tableaux qui peignent avec mélancolie ou avec terreur l'inconstance des choses humaines, la brièveté et l'inanité de la vie; mais ce sont-

---

[1] Par exemple, la peinture du remords poursuivant Indra, coupable du meurtre d'un Brâhmane. « Il vit le crime qui courait derrière lui sous la figure d'une Tchândâlî, dont le corps tremblait de vieillesse, qui était minée par la consomption et couverte d'une étoffe ensanglantée; ses cheveux blancs tombaient en désordre, et elle lui criait : « Arrête! arrête! » *Bhâgavata*, liv. VI, chap. XIII, st. 11-13.

là des sujets bien vulgaires que la poésie indienne a chantés pour
ainsi dire à satiété. On aimera bien mieux ces fragments descriptifs, tels que l'apparition merveilleuse de Vichnou en lion[1], où
s'étale toute la richesse de coloris de la langue sanscrite, si l'on fait
grâce aux conceptions bizarres de l'Inde en faveur de leur sens
mythologique. Qu'on n'oublie pas non plus, en les lisant, que l'art
indien a suivi docilement, dans ses sculptures gigantesques, les
proportions surhumaines que les poëtes ont données à leurs Dieux,
et qu'il a toujours mis ses œuvres en harmonie avec leurs conceptions. On aimera mieux encore ces peintures pleines de fraîcheur
qui nous font assister à la vie toute de quiétude des ascètes dans
leurs ermitages et leurs forêts, ou qui nous les montrent livrés à
toutes les séductions qu'inventent la jalousie des Dévas. Mais on
aimera surtout ces épisodes dont les héros parlent le langage vrai
de la douleur paternelle ou de la tendresse maternelle, avant que le
poëte vichnouïte ne leur adresse, par la bouche de quelque sage,
des consolations philosophiques, destructives de tout sentiment
humain; il faut lire, au VIe livre du *Bhâgavata*[2], les lamentations
d'une reine dont le fils unique a été empoisonné par ses rivales ja-
louses, l'abattement du roi Tchitrakétou, et l'attitude de désolation
profonde où ce spectacle a plongé toute la cour; il faut lire également, dans le même Pourâna[3], les plaintes de la tendre Sounîti au
sujet de l'exil de son fils Dhrouva qu'a prononcé son époux, le roi
Outhânapâda, par le conseil d'une autre femme. Les premières
scènes de ces deux épisodes donnent à de royales douleurs une
expression calme et vraie qui ne déparerait point les tableaux de la
muse antique; de semblables passages satisferaient en quelque mesure à nos idées de morale et d'esthétique; mais on est tenu de les
chercher longtemps au milieu de récits et de descriptions qui expri-
ment fidèlement et exclusivement la pensée indienne, et dont on ne
saisit la signification philosophique et historique qu'à la condition
de connaître la marche des religions de l'Inde et la destinée de ses
doctrines.

Avertis de ce que les Pourânas présentent d'insolite et d'exagéré
dans leur style, de confus ou d'obscur dans leur exposition, eu égard

---

[1] *Bhâgavata*, liv. VII, chap. VIII. — [2] Chap. XIV, st. 45 et suiv. (Tome III.)
[3] *Ibid*, liv. IV, chap. VIII, st. 9 et suiv.

à nos habitudes intellectuelles, les hommes instruits n'en consulteront pas moins ces monuments avec un œil scrutateur sous un double rapport : quand ils auront saisi le fil des traditions historiques, ils y observeront avec intérêt les transformations successives d'un étonnant système de croyances idéalistes, et la dernière évolution d'une grande mythologie dont les phases se reproduisent fidèlement dans l'histoire des mythologies secondaires. Puis, se plaçant à un autre point de vue, ils y admireront la souplesse et l'habileté, la patience et la persévérance de l'esprit indien dans le maniement d'anciennes formes littéraires, sa finesse et sa subtilité dans l'invention de ressources nouvelles d'expression et de mesure au moment où le véritable génie de création lui est enlevé.

Nous ne craignons pas de dire outre cela : s'il est vrai qu'aucune étude sérieuse ne soit dépourvue d'une sorte de philosophie pratique, l'étude raisonnée des Pourânas fera infailliblement découvrir des considérations auxquelles ce titre ne serait pas refusé. Et certes, si on a demandé au travail de trois siècles la filiation historique des idées qui ont passé des écoles de la Grèce dans nos écoles occidentales, ce ne sera point peine perdue de suivre les procédés de la pensée philosophique et d'en approfondir les applications sociales dans un pays qui résume à lui seul, comme on l'a dit, toute l'histoire de la philosophie ; il ne sera pas inutile de savoir ce que sont devenues les thèses du *Sânkhya* et du *Védânta* dans le grand débordement des cultes théosophiques de l'Inde. D'un autre côté, autant il y a d'importance pour les peuples civilisés dans l'histoire vraie et critique de la chute du paganisme dans les pays qui formaient le monde ancien, autant il y a de secours et d'opportunité pour la science chrétienne, à la veille des conquêtes nouvelles de la foi en Asie, dans l'histoire de la décadence de la société brâhmanique et du polythéisme qui en a été l'âme pendant tant de siècles.

Le Brâhmanisme, il est vrai, n'a pas disparu entièrement après une première et longue période d'existence. Adversaire patient du Bouddhisme, enfin son vainqueur, il s'est reconstitué par un phénomène qui ne s'est accompli peut-être de la sorte que dans l'Inde; mais, comme tous les cultes faux, il a trouvé sa déchéance dans les efforts de propagande qu'il a tentés. Son organisme politique s'est affaissé; le caractère distinctif de ses castes a dégénéré : aussi la société indienne n'a-t-elle pas opposé de résistance sérieuse aux forces étran-

gères, celles des ennemis de sa foi, les Musulmans de la Perse et les
Mongols de la Haute-Asie.

Fortifié en apparence par le développement de cultes éminemment
populaires comme ceux de Vichnou et de Çiva, le Bràhmanisme s'est
scindé et s'est affaibli; en s'étendant toujours davantage dans la
Péninsule, il a sacrifié une partie de son unité et de sa force morale;
après avoir accepté et favorisé les superstitions locales, il a plutôt
succombé sous leur poids; il a laissé son pouvoir d'organisation
sociale se dissiper en quelque manière dans le particularisme des
sectes mystiques. La poésie a aidé à ce travail de dissolution, tout en
répétant les symboles et les aventures qu'elle tenait d'une tradition
fidèle. La langue sanscrite elle-même s'est altérée; elle s'est éva-
nouie dans les formes multiples et les remaniements de la poésie
légendaire; enfin, dépouillée sans cesse au profit des idiomes vulgaires, elle s'est perdue dans une infinité de courants devenus
bientôt de minces ruisseaux, de même que le Gange dans les bran-
ches sans nom qui traversent tristement les sables de ses embou-
chures.

Bien que, de nos jours, de grandes populations soient encore asser-
vies dans l'Inde aux pratiques d'anciens cultes, bien que les noms de
ses anciens dieux y soient encore invoqués avec une ferveur supersti-
tieuse, bien que des temples immenses subsistent encore à la surface du
sol ou dans le creux des rochers, la décomposition lente, mais irrésistible du Bràhmanisme, est parvenue presque à son dernier terme. Qu'on
ouvre la collection des Pourânas où sont mêlés et confondus les éléments de son histoire ancienne et moderne, on verra avec quelle
vérité de dessin et de couleurs ils nous dépeignent la décomposition
qu'il a subie à la fois dans ses dogmes et dans sa morale, dans sa
poésie et dans sa langue sacrée.

Paris. — E. De Soye, imprimeur, 36, rue de Seine.

www.ingramcontent.com/pod-product-compliance
Ingram Content Group UK Ltd.
Pitfield, Milton Keynes, MK11 3LW, UK
UKHW022208070726
13613UKWH00004B/1530